Le LIVRE de POCHE

Jeunesse

LES BRIGANDS
DE LA
SAINT-MICHEL

JEAN-MARC SOYEZ

LES BRIGANDS DE LA SAINT-MICHEL

HACHETTE
Jeunesse

1

Les fardiers[1] du Grand Chantier

27 septembre 1213.

La vipère s'était assoupie dans une somptueuse tache de soleil qui tombait d'entre les feuilles du gros chêne. Elle devait se gaver encore une fois d'énergie avant de s'enfoncer, dès les premiers froids, sous un rocher pour le long engourdissement propre à son espèce.

Soudain, elle ressentit un frémissement d'alerte. Le sol vibrait en elle par toutes les fibrilles sensibles qui émaillaient son corps, car cette bête réputée sourde

1. Grandes voitures à roues très épaisses construites pour transporter des troncs d'arbres.

n'est en fait qu'une vaste oreille de la tête à la queue. Des pas turbulents approchaient et elle, ordinairement si prompte à trouver une cachette sûre, s'emplit d'une brusque hargne qui submergea son raisonnement primitif.

Elle se dressa d'un coup sur sa queue étroite, transformée, en un instant, de serpent paresseux en parfaite machine à tuer. Son instinct la poussait encore à s'emparer d'une dernière proie chaude avant l'hiver. Mais cela, la vipère l'ignorait, pas plus qu'elle ne savait que les humains ne pouvaient être un gibier pour elle. Elle bougea un peu pour mieux situer le pas lourd de l'adversaire. Ce faisant, elle déplaça une feuille sèche. Au bruit ténu, le garçon fit un bond de côté et cria de surprise tandis que son bâton s'abattait sur le corps ramassé, brisant les vertèbres en trois endroits à la fois. La vipère ressentit un réflexe familier d'engourdissement et ne sut jamais qu'elle était morte avant d'avoir achevé son mouvement d'attaque. Le vainqueur, Aubin, un gaillard allongé d'environ treize ans, blondasse plutôt que châtain, plissa des yeux marron toujours en alerte dans son visage clair et moqueur.

« Garce ! Vous avez vu comme elle en voulait à mes galoches ? »

Ses compagnons, deux fils de rouliers, et Jacquinot, apprenti charpentier comme lui sur le Grand Chantier, firent cercle autour de la vipère morte. Jacquinot hocha la tête en reniflant.

« Elles sont mauvaises en fin de saison. On en entend siffler dans tous les tas de bois. »

Aubin glissa son bâton sous le corps brisé et l'éleva triomphalement dans le soleil.

« Elle fait presque deux pieds de long ! »

Il posa le serpent sur une souche voisine et tira son couteau, fait d'un morceau de ciseau à bois reforgé.

« Fais attention qu'elle soit bien morte », dit encore Jacquinot.

Aubin releva sa tignasse claire d'un mouvement plein de fierté.

« M'étonnerait qu'elle revienne d'enfer après un pareil coup de trique ! »

D'un geste précis, il piqua la pointe derrière la tête triangulaire. La bête n'eut pas un frisson.

« Qu'est-ce que je vous disais ? »

De sous son capulet marron en laine battue il tira un carré de chiffon et y enveloppa soigneusement sa victime.

« Que veux-tu faire d'une pareille saleté ? » demanda Jacquinot.

Aubin cligna de l'œil, l'air supérieur.

« L'idée vient juste de m'en venir... tu verras cela au Chantier tantôt... mais motus, hein ? »

Jacquinot fit une croix sur sa bouche et aida son camarade à glisser le paquet sous les gros champignons qui resplendissaient dans un panier de ménage en osier. Du menton, Aubin montra les trois superbes cèpes ensoleillés qui avaient motivé leur entrée dans la clairière.

« N'oublions pas ceux-là. »

Angel les cueillit délicatement non sans un regard prudent là où il posait les doigts, les rangea sur les autres et s'essuya candidement le nez contre la manche avant de compter sur ses doigts très sales.

« Cela nous en fait dix et neuf ! »

René, son frère, souleva le panier.

« Ils sont rien gros ! ça déborde !

— Il y en a pour au moins quarante deniers ! » affirma Aubin avec assurance.

Angel et Jacquinot ne l'écoutaient déjà plus. Ils avaient sauté sur une énorme branche du chêne qui s'abaissait jusqu'au sol et la gravissaient en équilibre, les bras écartés.

« Le premier arrivé en haut ! cria Jacquinot.

— Ce n'est pas de jeu, vous êtes partis les premiers ! » hurla Aubin en se précipitant à l'assaut de la rude écorce du tronc dont les craquelures étaient si épaisses qu'elles lui permirent de grimper presque aussi facilement qu'à une échelle. René, plus petit, le regarda avec admiration, mais rejoignit son frère sur le chemin plus facile de la grosse branche[1].

De l'autre côté du chêne le terrain s'abaissait en combe humide. Là, le sous-bois était très sombre. C'était un de ces endroits peu aimables où il faisait

1. Cette scène campagnarde et presque sauvage se déroule aux environs de l'actuelle gare du Nord à Paris.

nuit plus tôt qu'ailleurs et froid plus longtemps. Le bœuf de tête poussait à en craquer le joug. Son compagnon, en comparaison plus fragile, frémissait à chaque élan du colosse. La paire de bœufs suivante peinait sans rien voir de son effort, seulement agacée par l'aiguillon du bouvier. La grande poutre glissait sans heurt dans un crépitement continu de brindilles broyées.

Accoudé contre un des fardiers déjà chargés, Blaisois Fin-Trait, le maître charpentier, cracha entre ses jambes et ronchonna :

« Que le diable emporte ce bouvier qui marche encore moins vite que ses maudites bêtes ! Voilà tantôt plus d'une heure que je devrais être en chemin ! »

Sagement assis sur un carré de drap posé sur une souche, maître Bringuet de Vauvert croisa complaisamment ses mains courtes sur son ventre rond et soupira.

« Patience, maître Blaisois, avez-vous déjà vu un serf se hâter pour autre chose que pour la soupe ? Bien heureux que celui-ci ne marche pas à reculons ou ne soit parti chercher de l'aide chez un de ses compères. »

De son bras noueux, le maître charpentier désigna les attelages déjà alignés sur le chemin empierré qui rejoignait la route de Saint-Denis.

« Nous avons là tout le bois voulu pour œuvrer jusqu'à la Saint-Jean ! Qu'ai-je à attendre cette maudite poutre qui pèse autant que dix vaches mortes ? »

Le gros bourgeois au visage rutilant dans sa robe

verte et rouge soupira de nouveau et leva doctement le doigt dans le vain espoir d'impressionner son compagnon.

« Ordre du prévôt ! vous savez bien que cette poutre doit renforcer le pilier franc du Grand Pont qui a souffert aux crues dernières. »

Blaisois Fin-Trait remonta sa ceinture trop chargée, avec ses deux poches de toile, sa bourse et son couteau, puis grogna de plus belle.

« Le prévôt a toutes les bonnes raisons du monde pour commander sa poutre mais moi, c'est à Thibaut de Mesmes, le maître d'œuvre du Grand Chantier, que je dois compte et emploi de mon temps ! »

Bringuet de Vauvert, qui surveillait distraitement les manœuvres du bouvier de l'abbaye Saint-Ladre, leva les yeux au ciel en se disant que tous ces maîtres charpentiers, verriers et latoniers (tailleurs de pierre) avaient en commun un caractère de goret mais qu'il n'y avait rien à gagner à heurter de front ces couseurs de cathédrale qui connaissaient tant de beau monde. Il fit un large sourire.

« Partez devant, maître Blaisois, puisque le sang du sire Thibaut bout de tant d'impatience. Pour moi, je demeure en compagnie de la poutre du prévôt et, si vous le permettez, avec vos apprentis que j'entends mener grand tapage de corneilles dans le gros chêne qui est devant nous. »

Le maître charpentier comprit que Bringuet de Vauvert se souciait peu de voyager sans témoin, dans la crainte d'une attaque toujours possible en ces bois sauvages. Il approuva d'un hochement de tête et tira de son col un sifflet de buis. Au premier coup, il se fit un grand silence dans la ramure et la voix d'Aubin parut venir du ciel.

« Oui, maître ? »

Blaisois Fin-Trait mit ses mains en porte-voix.

« Je pars devant. Vous accompagnerez maître Bringuet et ferez retour avec lui.

— À votre obéissance, maître... ah ! si vous étiez avec nous !

— Du diable si je me mêle d'aller faire ainsi le singe d'Égypte !

— Nous voyons Paris dans son entier !

— Et Saint-Laurens[1], et Saint-Martin-des-Champs ! et les remparts neufs ! » brailla Jacquinot.

Excité, Aubin reprit plus fort :

« On voit aussi la grange de Fains, le Temple et même l'abbaye des Filles Dieu ! »

Le maître charpentier grimaça un sourire laborieux qui lui faisait sortir les dents.

« Et, à l'occasion, vous ne voyez pas le sire Thibaut de Mesmes et son cadran solaire ?

— Que non pas ! mais de là-haut le Grand Chantier ressemble à un bateau sur une mer de toits !

— Voilà qui est joliment dit. C'est un poète, le petit

---

1. On écrit aujourd'hui Laurent.

Loisillon ! » sifflota le gros homme qui se piquait de connaissance en belles-lettres.

Blaisois haussa les épaules.

« Pour être au vrai, dites plutôt un polisson de forte espèce ! »

Certain d'être obéi par les jeunes gens, le maître charpentier tourna assez grossièrement les talons et fit signe au premier roulier[1] de réveiller ses chevaux.

L'homme fit claquer son fouet et le fardier, chargé de six longs chevrons de quarante pieds et quatre cents livres chacun, se mit en branle. Les épaisses roues pleines, que nul ne songeait encore à cercler de fer, commencèrent à sonner sourdement sur les cailloux du chemin récemment tassé par la corvée royale.

Derrière eux, trois autres fardiers démarrèrent à leur tour. Le charretier se poussa pour faire une place à son passager.

« Belles bêtes que tu as là », dit poliment le charpentier.

L'homme se rengorgea.

« Pour sûr, toutes de l'écurie de monseigneur l'évêque. Ah ! il faut qu'il vous aime chaudement pour prêter ainsi ses attelages à tirer des bois de la forêt du roi.

— C'est sans doute aussi qu'il est pressé de voir s'achever le toit de la cathédrale de son vivant,

1. Roulier : conducteur de grands chariots.

quoiqu'il paraît que vu du ciel le travail ne semble pas avoir le même mérite », persifla Blaisois Fin-Trait.

Le charretier lui lança un regard noir. Le frère prieur de Saint-Martin-des-Champs où se trouvaient les écuries d'été l'avait bien mis en garde, ses camarades aussi, contre le déplorable état d'esprit des maîtres tailleurs de toutes venues qui « encombraient » le Grand Chantier Notre-Dame. Il détourna la conversation en montrant au passage le serf-bouvier qui arrivait enfin au chemin pierré.

« Il ne s'en fait pas, lui ! À l'heure dite ou bien en retard, la soupe lui sera pareillement servie ! »

Blaisois Fin-Trait mordilla sa lèvre inférieure.

« Bon... il faut bien qu'il ait une compensation sur toi, car tu es un homme libre. C'est quelque chose, cela !

— Certes... mais parfois j'en ai du regret. Toujours des comptes à rendre, du travail à quérir, des prix à discuter... tandis que le serf ne s'occupe de rien... il est comme les doigts de son seigneur et, en cas de dispute, il a toujours raison sur l'homme libre ! »

Le maître charpentier resserra les cordons de son capulet en plissant les mille rides qui sillonnaient son visage ingrat, ce qui, chez lui, pouvait passer pour un sourire.

« Alors, fais-toi serf, homme prudent ! On dit partout que le comte d'Auvergne cherche des colons pour défricher les terres qu'il a reçues en dot de sa nouvelle épouse. »

Le charretier haussa les épaules et encouragea ses bêtes pour passer sur la vieille voie romaine qui, par-dessus le col de la Chapelle, joignait Paris à Saint-Denis, Beauvais et puis les Flandres si lointaines. D'un mouvement coulé, le fardier s'engagea sur les dalles usées. Le conducteur soupira, satisfait.

« Voilà... dedans la moitié d'une heure nous passerons la porte de Saint-Martin. »

Blaisois Fin-Trait claqua familièrement les épaules de son voisin.

« C'est bien heureux... J'entends déjà les reproches du sire Thibaut de Mesmes... Ah ! c'est que j'ai aussi des comptes à rendre à tout propos, compagnon ! Mais moi, conclut-il après un petit silence, je ne me plains pas de la liberté. »

Le charretier, renfrogné, fit claquer son grand fouet à mèche de chanvre. Du coin de l'œil il aperçut deux silhouettes épaisses qui se dissimulaient dans un buisson de bordure. Il frémit en secret et cria pour faire presser son attelage.

2

L'arrivée à Paris

Aubin s'était imprudemment installé en avant des fortes ferrures et de la chaîne qui soutenaient la grosse poutre. Il y avait là une place étroite mais confortable, juste derrière le conducteur, dont l'odeur redoutable couvrait celle de la campagne et même de l'attelage. Le jeune garçon entendait avec envie ses compagnons de jeu sauter de la poutre en marche et se poursuivre à grands cris jusque sous le pas des chevaux. Aubin les aurait volontiers rejoints mais il ne pouvait pas bouger, contraint à l'incommodité par le gros Bringuet de Vauvert qui, chevauchant pesamment son bidet, était venu lui faire le discutable honneur de sa conversation.

« Dieu que ces bois sont donc épais !... Pas fâché de nous retrouver à présent en rase campagne ! »

Aubin salua de la tête, refrénant une forte envie d'envoyer promener le gros bavard. Mais c'était impossible, car outre le fait qu'il était très écouté du prévôt royal, maître Bringuet de Vauvert fréquentait à la Coquille Dorée, l'auberge de Loisillon père.

Tout en égrenant son chapelet, le gros bourgeois montra bientôt du menton le toit tout neuf de l'abbaye Saint-Laurens qui apparaissait entre les pommiers. Près de la faîtière, un chaumier et son commis cousaient les dernières paumées de paille fraîche.

« Par Dieu ! il n'a pas fallu longtemps pour refaire le toit incendié ce printemps ! »

Pour être sûr de tenir un propos convenable sans trop se fatiguer, Aubin répéta ce qu'en disait Blaisois Fin-Trait.

« Il a brûlé si vite que les poutres n'ont pas souffert. Le chaume, c'est peu de chose à remanier. »

Le gros homme hocha gravement son bonnet, qui tinta de toute sa bordure de médailles pieuses, et demeura silencieux, ne sachant plus trop quoi dire.

Aubin regarda avec une espèce de fascination les doigts courts et bagués d'où s'échappaient un à un les grains du chapelet. Il toussa.

« Maître Bringuet ?

— Oui ?

— Comment faites-vous pour prier et parler en

même temps ? Pour moi cela est tout à fait impossible. »

Le gros homme se rengorgea.

« C'est que j'ai l'esprit à œuvrer deux choses dans le temps d'une pour le commun... Pour lors, c'est une façon de mesurer le chemin qui fait plus à me gagner le Ciel que l'usage d'un sablier, non ? »

Bringuet de Vauvert brandit son chapelet tandis qu'un grain noir lui naissait encore d'entre les doigts.

« Je sais qu'il me faut un rosaire complet pour gagner Paris... et cinq pour me rendre à Saint-Denis.

— Et pour aller à Beauvais ? »

L'autre lui jeta un regard soupçonneux, mais ne découvrit pas la malice cachée derrière le masque d'ange que maître Aubin Loisillon offrait généralement à la juste méfiance de ses contemporains.

Une bouffée contraire de la brise le sauva cependant d'une inquisition plus attentive en mêlant maître Bringuet aux redoutables relents du conducteur. Le gros homme sursauta en retenant sa bête.

« Mille diables ! est-ce toi, galopin, qui empoisonnes pareillement ?

— Oh ! non, c'est lui ! » déclara Aubin en pointant un doigt rancunier vers la pelisse de mouton de son voisin.

L'homme releva une tête ahurie et renifla.

« Je ne sens rien, moi. »

Maître Bringuet s'esclaffa avec un grand mouvement de chapelet qui effaroucha sa monture. Subitement inquiet, le cavalier s'employa à retrouver son assiette et puis laissa tomber d'un ton rogue :

« Remercie le Ciel, fils de putois ! si tu avais un soupçon de flair, tu serais mort depuis longtemps ! »

Aubin leva le doigt, l'air très malheureux.

« S'il vous plaît, je voudrais aller à l'autre bout du fardier.

— Je te comprends. Fais à ton idée, mon garçon ; pour moi, je ne saurais rester sous le vent de cet animal, je passe devant. »

Le gros bourgeois talonna son cheval qui passa prudemment à une allure un peu plus martiale. Le cavalier foudroya d'un regard méprisant le malheureux charretier qui avait retrouvé sa placidité de veau à l'engrais. En quelques pas adroits, le garçon, habitué aux échafaudages, gagna l'autre train de roues où il feignit de rencontrer un air plus respirable. Lassés de courir, ses compagnons étaient remontés à califourchon sur la grande poutre. Angel n'avait pas perdu un mot de ce qui s'était dit. Il se tourna vers Aubin en montrant le charretier.

« Mon père connaît bien Raffard le pue-main, il tire les seaux chez un maître fifi[1] du quartier d'outre-Petit Pont quand il ne conduit pas le grand fardier de la prévôté.

— Il doit dormir au fond d'une tinette », ricana Jacquinot.

1. Vidangeur.

Mais personne ne fit chorus. L'allant était tombé chez ces enfants levés depuis la pointe du jour et que berçaient les secousses du charroi. Malgré sa lenteur cahotante, le fardier finissait par couvrir le chemin et le paysage défilait majestueusement comme dans les laborieux récits du grand-père Ogier.

Saisi un instant par la somnolence de ses compères, Aubin se frotta les yeux et se redressa, tout glorieux de passer comme un seigneur désœuvré dans la grande plaine emplie de travailleurs.

L'abbaye de Saint-Laurens et son toit neuf étaient loin derrière. À droite, sous le bouquet tournoyant des moulins du mont des Martyrs[1], on voyait les premiers vendangeurs dans les vignes déjà pourpres.

Plus bas, à moindre pente, les maîtres laboureurs, qui travaillaient à façon pour les propriétaires, tiraient leurs sillons bruns au lent pas des bœufs dans les jachères de l'an passé.

À gauche du chemin s'étalaient les cabanes basses et sordides de la Grange des Fains où logeaient quelques serfs, des hommes libres en mal d'embauche, et surtout, nombre de filles de courte vertu qui se réfugiaient là à chaque indignation vertueuse des femmes notables de la ville qui, de fait, leur reprochaient moins leur présence immorale qu'elles ne jalousaient la somptuosité de leurs atours affichés avec impertinence au coin des rues.

---

1. Montmartre.

En face, les murs clairs de Saint-Ladre tranchaient sur deux grands étangs aux eaux claires où des paysans braillards pêchaient. Le père abbé les avait fait creuser pour assécher un peu le marais qui s'étendait jusqu'aux fossés de Paris.

Du haut de son perchoir, Aubin pouvait voir le long du chemin « au-dedans » des clos aux haies régulières. Partout, hommes et femmes en hardes couleur de terre repiquaient soigneusement choux d'hiver, oignons, chicorée, démariaient l'oseille et aussi les précieux « isbinachs[1] », cette foisonnante salade qui ne gelait pas, rapportée cent ans plus tôt par les premiers Croisés et que l'on mangeait en petits pains frits.

La plaine élargie et doucement incurvée descendait en courbes caressantes sous un ciel immense jusqu'aux remparts neufs du roi Philippe Auguste. Le spectacle était grandiose et Aubin, qui s'empressait ordinairement de ricaner de tout, en éprouva de l'émotion. Son attention fut aussitôt attirée par les vastes bâtiments de Saint-Martin-des-Champs dont les ardoises – une nouveauté – dépassaient un mur d'enceinte qui bordait le chemin sur plus de trois cents pas. Derrière, une nuée de moines – au moins deux cents, disait-on – cultivaient en chantant une vingtaine d'acres[2] à l'abri des regards profanes. Encore plus loin à gauche, l'écrasant domaine du Temple dressait ses tours

1. Épinards.
2. Dix hectares.

sévères arborant le drapeau des soldats du Christ. À la vue de cette oriflamme, Aubin dit tout haut :

« Le grand maître est dans la place.

— Le grand maître, ou bien son représentant », mâchonna Jacquinot en sortant de sa somnolence.

Il quitta la poutre et vint s'asseoir à côté de son ami.

« C'est grand, hein ? »

D'un geste court il montra le vaste marais qui rendait incertaines les rives de la « rivière de Sainne », en amont de la ville royale. La campagne était rayée d'une ligne claire, neuve : l'aqueduc qui amenait aux Parisiens l'eau du « Monceau Saint-Gervais » et de la Courtille. À sa jonction avec les fortifications, les remparts n'étaient pas encore achevés. Des pierres s'entassaient partout parmi des ouvriers gros comme des fourmis.

Aubin poussa son copain du coude.

« Regarde, l'aqueduc fait comme un bélier qui aurait écroulé la muraille.

— Et il a fait un méchant trou », approuva Jacquinot en fourrageant sa tignasse.

À cet endroit, le terrain accusait une courte pente, presque un dos-d'âne, que le grand fardier passa majestueusement pour s'arrêter presque aussitôt devant un encombrement obstruant le passage vers la porte Saint-Martin. L'antique chemin du Nord était surchargé de bœufs, de moutons, de bêtes de bât, et de piétons parmi lesquels se dépêtraient de leur mieux quelques litières de dames ou de prélats et des cavaliers de méchante humeur. En bordure, appuyés sur leurs outils, des paysans goguenards assistaient à la traditionnelle « embrouille » à l'entrée de la capitale où, pour toute marchandise « en boëte ou à pié » le règlement d'un droit d'octroi[1] assez mal précisé donnait lieu à des discussions sans fin.

Pour s'écarter de la bousculade, Bringuet de Vauvert fit demi-tour afin de rejoindre « son » fardier. Au passage il répondit, bonnet bas, au salut de cavaliers de connaissance.

Aubin sourit en coin.

« C'est bien la peine d'avoir un bonnet qui pèse sa livre de médailles pour le garder au poing !

— Hé ! il veut peut-être demander la charité comme les mendiants de Saint-Victor », rétorqua Jacquinot sur le même ton.

Le gros bourgeois arriva près d'eux en soufflant d'indignation mais, saluant de nouveau, il s'adressa en préférence aux voyageurs qui commençaient à se presser derrière le gros attelage obstruant tout le chemin.

« Bouh ! quel désarroi populaire, messires ! on va bientôt se battre à la barrière !

— Mais quelle est donc la tête de goret qui gouverne à la porte aujourd'hui ? »

Bringuet de Vauvert, tout à son mécontentement, essaya de donner de la férocité à ses sourcils.

---

1. Pour entrer dans Paris, le roulier, ou transporteur, devait payer un droit spécial sur ses marchandises, appelé octroi.

« L'huissier Gavard[1], vous savez, ce rouquin bigle qui doit s'y reprendre à trois fois pour compter les mouches au fond de son pot ! »

Un grand marchand barbu éclata de rire.

« Alors, nous sommes plantés ici jusqu'à vêpres !

— Prenons un sentier de traverse, suggéra son voisin. Voyez, la porte de Saint-Denis est présentement déserte.

— Forcément, maugréa un pied-poudreux encombré d'une multitude de ballots, en cette avant-veille de la Saint-Michel tout le monde veut entrer à Paris, pas en sortir ! »

Le marchand ambulant faisait allusion à une habitude née de l'étroitesse des chemins, qui rendait fort hasardeux tout croisement de chariots. Depuis des temps reculés on sortait par la porte Saint-Denis et rentrait par la voie parallèle de Saint-Martin.

Le grand barbu poussa son cheval entre deux groupes de paysans et pénétra dans la jachère la plus proche, bientôt suivi par ses collègues. Leur mouvement fut vite compris et imité par ceux qui s'étaient fourvoyés plus avant dans la cohue. Coups de fouet et injures éclatèrent avec un bel ensemble pour la joie d'Aubin et de ses camarades. Piquée par un taon, la mule d'une belle litière aux panneaux argentés botta sèchement, à l'espagnole, envoyant d'un coup de sabot un innocent mouton jusque dans le fossé d'enceinte.

1. Aux jambes arquées. C'est le temps des surnoms souvent moqueurs d'où nous viennent les Lecourt, Legros, Legras, Leroux, etc.

Aux hurlements des bergers s'ajoutèrent ceux du cocher qui voulait calmer sa bête. Énervé par ces mouvements subits, un gros étalon rua dans le museau du bœuf qui le suivait, déclenchant la panique parmi les congénères de la pauvre bête qui s'en allèrent piétiner les moutons et bousculer les cavaliers. En quelques instants, la voie Saint-Martin sembla bouillir. Les animaux, vite affolés, s'égaillaient de chaque côté du chemin, litières et cavaliers s'envolaient vers la porte voisine. Les paysans, peu soucieux de voir ravager leurs carrés de choux, se mirent de la partie à grands coups de manche de fourche et de râteau auxquels répondaient les fouets des vachers et des bergers. Aubin hurlait de rire. Bringuet de Vauvert, qui était partisan de l'ordre, soupira.

« Quand le diable s'en mêle... et cela t'amuse ?

— Ma foi, maître Bringuet, je vois surtout qu'à présent nous avons libre chemin.

— C'est par Dieu vrai ! s'étonna Bringuet de Vauvert. Hé ! réveille-toi, animal ! » reprit-il en donnant un coup de pied au conducteur.

Raffard le pue-main, qui végétait pesamment dans sa rêverie de ruminant, leva seulement ses lourdes paupières sur un regard sombre. D'un large mouvement de fouet, il enveloppa ses chevaux rendus nerveux par le tumulte. Le fardier s'ébranla sans difficulté et prit même de la vitesse, écrasant au passage deux ou trois moutons déjà assommés. Aubin et ses camarades hurlaient des cris guerriers.

L'arrivée fracassante de la « machine » incita promptement les antagonistes à régler leurs comptes à l'abri du talus.

Sous la voûte, les obstacles s'étaient évaporés. Quelques bœufs affolés avaient fait le vide dans la rue Saint-Martin, sans se douter qu'ils accéléraient ainsi leur pénible destin. L'huissier Gavard passait une tête effarée à l'angle de la première maison. Son clerc gisait en face, cul par-dessus tête, les morceaux de son écritoire éparpillés sur le pavé neuf. Des gardes habituellement vautrés au hasard de leur confort, on ne voyait pas un plumet, pas une pique.

Dans la rue assombrie dont les pignons se touchaient presque au niveau des greniers, la poutre et son attelage dévalèrent dans un bruit de tonnerre, acclamés par les badauds prudents qui se pressaient aux fenêtres. Quelques éventaires renversés et des paniers crevés témoignaient de la fuite des bœufs. Plus fier que César retour des Gaules, Aubin n'avait jamais été à pareille fête. Dressé sur le fardier, il répondait aux vivats, lorgnait les filles et faisait assaut d'insolence avec les curieux. Quoique chef du convoi, Bringuet de Vauvert trottait de son mieux en queue de l'équipage qui arriva bientôt sur l'esplanade du Châtelet.

« Bâti par l'empereur Julien ! » s'écria le gros homme avec emphase.

Personne ne l'écouta. Un peu vexé, il tourna bride et courut mettre pied à terre devant la poterne de la vieille forteresse. Un garde alangui le salua tandis qu'il disparaissait sous la voûte avec un air d'importance assez ridicule qui montrait combien il avait hâte de rendre compte du succès de sa mission. Non loin de là, des garçons bouchers livraient à grands rires une corrida en règle aux derniers bœufs fugitifs.

Raffard le pue-main, en bon cocher, n'avait pas attendu le départ de maître Bringuet pour reprendre en main son attelage poussé vers le fleuve par le poids de la poutre. Il laissa adroitement tomber l'épais coin de bois qui servait de frein et, après quelques jurons fracassants et autant de furieuses tractions sur les rênes, l'équipage parut s'arrêter. Les chevaux avaient de l'eau à mi-jambe. Aubin, toujours glorieux, salua les badauds qui s'attroupaient et sauta le premier dans la boue.

« Jacquinot, passe-moi le panier. »

Suivi de ses trois copains, il se faufila jusqu'à l'entrée du Grand Pont et partit à ses affaires.

Raffard consentit alors à lever ses paupières de crapaud et comprit vite que, s'il était un spectacle pour les curieux, nul ne paraissait vouloir s'occuper de lui ni de son chargement. Il fit une moue chagrine qui le fit ressembler à une des gargouilles de la cathédrale et gratta la vermine qui logeait dans ses hardes. À gestes lents et précis, il descendit de son siège et fit sauter les cliquets de chacun des treuils. La grande poutre ne demandait que cela pour s'affaler dans la vase qui gicla à plus de dix pas sur les jambes des badauds. Impassible et crotté, Raffard remonta sur son perchoir et fit virer ses bêtes. Un fort claquement de fouet et quelques jurons plus tard le grand fardier allégé avait disparu vers le marché Chameaux[1] pour retrouver la rue Saint-Denis et le chemin de la campagne.

Les badauds comprirent vite qu'il n'y avait plus rien à voir et s'éloignèrent quêter un spectacle plus captivant en essuyant la boue de leurs chausses.

C'est alors que Bringuet de Vauvert, gonflé d'importance, parut à la poterne en compagnie d'un personnage très chamarré au masque sévère : Marcel de l'Herbette, grand prévôt de Paris[2].

Le garde, miraculeusement alerte et martial, fit claquer sur le pavé le talon de sa lance. Le prévôt salua distraitement et, à grandes enjambées, marcha vers le pont, son gros compagnon tressautant à tout ventre sur ses talons. Ils ne mirent pas longtemps à découvrir la grande pièce de chêne à demi envasée.

« La... la pou... la poutre... », s'essouffla Bringuet de Vauvert en pâlissant.

Devant sa mine effondrée, le prévôt eut un mince sourire et le menaça du doigt.

« Ah ! maître Bringuet, économiser quelques liards dans le cas présent n'a pas encouragé le bon vouloir de votre voiturier... et voici ma poutre bien mal agencée...

— Mais, monseigneur, je vous assure...

— Allez, compère, je connais votre Raffard, goret

---

1. Plus tard, on y bâtira les Halles.
2. Quelque chose comme le préfet de Police.

puant, soit, mais fin manœuvrier. Avec quelques deniers “pour boire” il aurait fini son ouvrage au mieux et calé la poutre là où les ouvriers auraient pu l’utiliser... tandis qu’à présent... »

Bringuet de Vauvert se redressa, le sourcil hostile.

« Je vais le faire quérir même s’il est déjà rentré dans sa bauge ! »

Le prévôt le regarda avec l’admiration que l’on réserve toujours à ceux qui ont le don de proférer des énormités.

« Vous l’avez gagé pour porter une poutre auprès du Grand Pont. Elle y est. Quel juge trouverait là matière au plus petit reproche ? »

Il songea soudain qu’il avait suffisamment discouru avec ce gros sot confit d’avarice, et lui tourna le dos.

Vexé, Bringuet de Vauvert revint à son cheval et disparut entre les maisons du pont. Bras croisés, le prévôt regarda mélancoliquement la poutre en marmonnant.

« Avant que j’aie pu convoquer une autre corvée, elle a beaucoup de chance de rester indéfiniment à la même place plutôt que de remplir son office. Encore heureux si, entre-temps, quelque marinier ne songe à se l’approprier. »

Il pensa encore que rien n’était simple dans les relations entre les hommes. Après un soupir il s’éloigna à son tour, la tête déjà pleine d’autres préoccupations.

Là-bas, vers les collines, les deux inconnus entrevus par le conducteur de Blaisois Fin-Trait avaient pris pied sur le chemin. Le plus grand, invisible sous son capuchon, maugréa en frottant ses membres massifs.

« Il n'y avait vraiment pas besoin de se cacher pour une demi-douzaine de rouliers idiots, quatre gosses et un bourgeois mort de peur !

— Eh ! ce sont les ordres du capitaine, n'être vus de *personne.*

— Mouais ! eh bien, va lui dire qu'il peut arriver avec les autres... pour moi, ajouta-t-il d'un ton narquois, je retourne à mes dévotions. »

Il pivota et partit vers la ville d'un pas de soldat. Son compagnon ébaucha un signe d'adieu et cria joyeusement :

« Si d'aventure tu croises le diable, présente-lui nos amitiés ! »

Il s'éloigna en sens inverse, secoué d'un ricanement inquiétant.

3

Une leçon de roublardise

Les quatre apprentis cessèrent de galoper entre les passants au milieu de la rue Saint-Jacques, presque en face de la Coquille Dorée dont la façade sculptée se voyait de loin.

« Nous allons au Grand Chantier, dit Angel avec un mouvement de menton vers la cathédrale inachevée qui surgissait, blanche, au-dessus des toits... Le père doit avoir fini de décharger ses chevrons et il ne nous attendra pas longtemps pour le dîner de midi.

— J'y vais aussi, dit Jacquinot, parce que, si on vous voit là-bas, j'en connais un qui s'étonnerait de mon absence.

— Merci bien, ragea Aubin en prenant le panier, de

cette façon Blaisois Fin-Trait aura toutes les bonnes raisons de passer sur moi son humeur de chien !

— Eh, tu es bon, toi ! tu n'as qu'à venir avec nous.

— Non, j'ai quelque chose à faire. »

Il se mordilla les lèvres un instant et reprit sur un ton de commandement :

« Si on demande après moi, vous direz que mon grand-père m'est tombé dessus et m'a commandé une corvée.

— Cela arrive souvent », rétorqua Jacquinot avec un clin d'œil.

Aubin lui rendit une bourrade amicale.

« Dame ! c'est que les vieux ont toujours besoin qu'on les aide. »

Il passa son bras dans l'anse du panier et s'engouffra au pas de course dans une ruelle obscure et fétide qui serpentait au gré des bâtisses et des appentis jusqu'à l'emplacement de l'ancienne église Saint-Étienne qui servait de décharge à l'Hôtel-Dieu et d'arrière-cour à l'auberge paternelle.

Là, il était sûr de trouver le vieil Ogier Loisillon en train de surveiller amoureusement les plants de choux qu'il faisait pousser dans des auges et des caisses de rebut.

Aubin arriva sur lui comme la foudre et, sans s'inquiéter du sursaut de l'ancêtre, lui montra triomphalement sa récolte. Le vieux comprit aussitôt et grimaça un sourire entre ses chicots et la broussaille grise de sa moustache.

« Je suis sûr de pouvoir les vendre cinq deniers », commença-t-il.

Aubin l'interrompit, l'air candide, le regard droit et clair.

« Cela tombe bien, j'en veux seulement quarante-huit... sans le panier. »

Cette fois, le vieil aubergiste frémit, visiblement ébranlé.

« Quarante-huit deniers ! quatre sous ! et pourquoi pas la rançon d'un baron tant que nous y sommes ! »

Avec une innocence presque détachée des biens de ce monde, Aubin fit mine de reprendre le panier. Le vieil Ogier l'admira secrètement.

« Fais voir de plus près... mes yeux, tu sais... Mouais, ils ne sont pas trop laids... Je t'en donne un sou, finit-il par soupirer.

— J'en veux quatre, grand-père, il y en a douze livres, bon poids... de quoi faire vingt-cinq grosses omelettes..., ajouta-t-il avec un regard appuyé vers l'auberge d'où s'échappaient des bruits de cuisine.

— Je t'en donne deux.

— Trois ! lança imprudemment le garçon.

— Tope là ! » gronda le grand-père avec un sourire vainqueur.

Il fit aussitôt tourner sa bourse de sa hanche à son ventre et compta soigneusement trente-six petites pièces noires en soupirant pour la forme.

« Si ce n'est pas malheureux de donner autant d'argent à des gamins sans réflexion. »

Aubin prit les pièces une à une en comptant à haute voix.

« Trente-cinq... trente-six...

— Tu as peur que je te vole ?

— Oui, grand-père... »

Le vieil Ogier, qui savait parfaitement à quoi s'en tenir, ne se formalisa pas outre mesure et leva seulement les yeux au ciel. Il se pencha pour prendre le panier par son anse de jonc. Aubin le retint sans douceur pour prendre son paquet.

« Encore une diablerie ?

— Mais non, grand-père, c'est une surprise pour mon ami Choupart.

— Le sculpteur ? mais tu es fâché à mort avec lui depuis qu'il t'a fait poser sans te payer. »

Aubin se pinça le nez et imita le ton papelard du chapelain de Saint-Martial qui logeait à l'auberge.

« Il faut savoir pardonner les offenses... »

Ogier se gratta le crâne sous son capulet en mordillant sa moustache pour conserver une gravité en rapport avec son âge. Sentant qu'il n'y parvenait pas, il entra d'un coup dans la cuisine de l'auberge, Aubin sur les talons.

À la vue de son fils, Thomas Loisillon cessa de surveiller ses sauces.

« Tu as déjà pris tes invalides[1] ? »

1. Ta retraite.

Aubin, qui n'était pas à une pitrerie près, arbora aussitôt la mine d'un homme accablé d'occupations.

« Je reviens de la forêt d'outre-Courtille chercher du bois d'ouvrage en compagnie de Blaisois Fin-Trait et de maître Bringuet de Vauvert.

— Peste ! mon fils se met bien ! le beau monde ne lui fait pas peur !

— Je suis passé dîner.

— Je me disais bien que ce n'était pas pour saluer l'auteur de ses jours », persifla Thomas en poussant vers l'enfant une corbeille de tartines et une terrine entamée.

Aubin sortit son couteau.

Le grand-père s'avança en geignant jusqu'au grand étal et, d'un geste exagéré, posa le panier.

« Regarde un peu ça, Thomas ! »

Le père d'Aubin se leva et vint contrôler les champignons d'un gros doigt habile.

« Ils sont beaux et surtout bienvenus pour les clients de la Saint-Michel.

— J'en ai eu pour six sous », affirma l'ancien.

Thomas hocha la tête.

« Je les aurais payés cinq... Mon pauvre papa, continua-t-il avec un apitoiement parfaitement joué, tu ne sauras décidément jamais traiter une affaire. »

Il fut interrompu par un rugissement d'Aubin, la bouche pleine.

« Je... je me suis brûlé », bafouilla l'enfant à la question muette de son père.

Avec indignation Thomas posa ses poings de chaque côté de son ventre rond.

« Avec une tranche de pâté froid ?

— C'est sûrement le feu de la jeunesse ! » déclara le grand-père avec un sourire séraphique.

Aubin avala son morceau de pâté et s'éclaircit la voix.

« Grand-père, si on me demande, tu m'as envoyé chercher du terreau au port Saint-Landry. »

Il sortit sur ces mots, sans un regard pour la famille assemblée.

Thomas se vissa le doigt dans la tempe et retourna à sa rôtissoire en grommelant.

« Ça ne s'arrange pas dans la “charpenterie”. »

Gilles, le frère aîné, leva la tête et ricana servilement.

Ogier le toisa, sévère.

« À la “cuisinerie” non plus ça ne s'arrange pas... »

Thomas haussa les épaules.

« Seulement ici, pas de raison pour que ça change, hélas !

— J'allais le dire », conclut le grand-père en se servant un grand pot de vin frais.

Tandis que son puissant compagnon dévalait vers Paris, l'homme au rire sinistre gagnait le col de la Chapelle. Il s'approcha d'une discrète cabane de bûcherons pour y détacher un cheval harnaché en guerre. Il l'enfourcha d'un bond, le mena sur le chemin pierré où il le lança au grand galop. En quelques secondes, il disparut sur la route du Nord. La forêt à peine troublée reprit son calme. Un merle qui ne se souvenait déjà plus de la bête ni de son cavalier se mit à siffler de la plus jolie des façons.

4

4

Du double usage d'une vipère

La maison était d'allure petite et chenue avec sa porte basse, sa fenêtre étroitement voûtée et l'unique étage étiré vers le ciel, qui avançait de près de trois pieds sur le linteau de l'entrée en contrebas. Le toit gris aux courbes amollies ressemblait au chapeau d'un champignon un peu moisi.

Aubin descendit les deux marches et actionna le marteau en fer battu qui représentait une main tenant une boule. La porte s'ouvrit aussitôt sur une grosse servante qui sentait le vieux ragoût et dont les yeux disparaissaient sous la coiffe chiffonnée.

« Je viens voir maître Graebel, dit l'enfant avec un sourire engageant.

— Je m'en doute, gronda la femme, ce n'est pas moi que l'on vient ici visiter. »

Elle se pencha, découvrant un regard porcin, méfiant et aigu.

« Mais lui... a-t-il envie de te voir ? »

Aubin refréna une puissante envie de lui jeter au visage les insolences qui s'accumulaient sous sa langue. Plus candide que jamais, il leva les yeux au ciel.

« Voyons, dame Guillemette, vous me connaissez ?

— C'est justement », rétorqua la matrone.

De l'intérieur, noir comme le fond d'un puits, la voix cassée du médecin coula plus qu'elle ne résonna.

« Dame Guillemette, laissez donc entrer le petit Loisillon. »

La grosse femme s'écarta un peu en grognant.

« ... Sûrement encore venu apporter des crapauds ou quelque autre façon du diable... »

Aubin passa devant elle sans effacer les épaules de manière à la heurter « par mégarde ». Il brandit son paquet.

« Tout juste, dame Guillemette, mais cette fois c'est une grosse vipère. »

La servante recula précipitamment et se signa en soufflant dans ses moustaches. Aubin s'engagea à tâtons.

Si la maison avait au-dehors des allures de jouet, la pièce principale surprenait par son importance. Éclairée par trois lampes à huile et autant de chandelles, elle recevait peu de jour par l'unique fenêtre à meneaux qui donnait sur la cour, et cette vaste pénombre lui donnait tout de suite un air mystérieux. Pour grande qu'elle fût, on y avait peu de place pour se mouvoir tant elle était encombrée. C'était de partout un monstrueux amoncellement qui croulait jusqu'à la table franche[1] où Graebel le médecin, un homme rubicond et robuste, peu à sa place dans ce fatras poussiéreux et savant, regroupait les os du squelette d'un petit lézard. Aubin rassembla son courage pour se glisser jusqu'au médecin sans rien faire choir.

Les meubles et les placards débordaient tant de grimoires qu'ils en paraissaient éventrés. Sur des caisses, des étagères de guingois, s'entassaient des boîtes, des pots, des bouteilles et des bocaux dans lesquels on devinait des formes inquiétantes, des restes de cuisines secrètes. Le plafond ne se voyait nulle part entre les touffes d'herbes médicinales et des paquets de racines mystérieuses. Contre le mur du fond un aludel[2] retenait les vapeurs d'une mixture bouillonnante au rougeoiement ardent et sans flamme d'un athanor[3] gros comme un tonneau.

Un peu angoissé par le décor propre à impressionner une jeune imagination, Aubin s'arrêta près de la table où il posa son paquet sans rien déranger.

« Qu'apportes-tu là, fils de marchand de soif ? »

---

1. Table franche : table fixe, en opposition avec les tables ordinaires de l'époque, planches et tréteaux que l'on « dressait » au moment des repas.
2. Aludel : ancêtre de la cornue.
3. Athanor : alambic des alchimistes.

Le jeune garçon connaissait bien le médecin qui fréquentait plus que de raison à la Coquille Dorée.

« Une grosse vipère, maître Graebel, que j'ai tuée ce matin en forêt d'outre-Courtille.

— Montre vite... on peut dire que tu tombes bien... une vipère d'automne, les meilleures... »

Il montra du pouce le fourneau bouillonnant en continuant :

« Je suis justement en train de composer un onguent contre-douleur, alors, du venin frais... c'est une aubaine.

— Euh... maître Graebel, je voudrais conserver la bête.

— C'est bien aisé, mon garçon, les crochets et les sacs à poison me suffisent. Tiens, assieds-toi là et patiente un peu. »

Aubin se cala de son mieux contre un livre énorme relié dans un cuir de bœuf épais comme le doigt. Il oublia vite son inconfortable position pour s'absorber avec ravissement dans la contemplation des doigts habiles. En quelques coups de scalpel le médecin « désarma » la bête et sortit crochets et glandes en une seule pièce. Il posa sa prise dans une soucoupe avec un soupir de satisfaction.

« On dirait des tripes de moineau...

— Ah ! Ah ! eh bien, je ne te conseille pas de les donner à ton chien. »

Mis en gaieté par l'arrivée du garçon, le médecin se

tourna pesamment dans son fauteuil et fouilla dans sa bourse.

« Deux sous... Tu es content ?

— Oh ! oui, maître Graebel.

— Tiens, n'oublie pas ta charogne... que veux-tu en faire, la manger ? »

Aubin lui fit un sourire lumineux.

« Ce serait amusant d'en connaître le goût.

— Mouais... tu es gentil, Aubin, mais on ne m'ôtera pas de l'idée que tu es un peu bizarre par moments... enfin... bienheureux les simples d'esprit... »

Aubin refit soigneusement son paquet et quitta la caverne aux magies après un court salut au savant qui avait déjà oublié sa présence. Dans le couloir, il tira la langue à dame Guillemette, qui affecta de l'ignorer.

Une fois dans la rue, il remarqua que la chaleur avait encore augmenté. Il frissonna de plaisir comme s'il s'éveillait et prit brusquement conscience du mouvement de la multitude qui s'agitait partout, en même temps que le bruit de la rue reprenait son ampleur.

Dans un repli de sa blouse les deniers avaient un poids rassurant, tonique. Il les soupesa avec un indicible plaisir. Des gamins de sa connaissance passèrent en trombe en sautant par-dessus les porcs de Saint-Antoine qui « gavouillaient » aux caniveaux. Il répondit à leurs cris mais ne les suivit pas. Fredonnant un refrain de pèlerin comme il en entendait presque chaque soir à l'auberge, il prit gaillardement la direction du Grand Chantier où le bruit des coups de masse et le grincement des treuils couvraient parfois le tumulte constant de la ville.

À son extrémité, la petite rue Servande, où logeait le médecin, s'évasait autour d'un puits. C'était le rendez-vous traditionnel des commères qui, comme partout ailleurs, s'installaient confortablement des heures entières pour attendre leur tour de puiser l'eau du ménage. Bon prétexte pour commenter inlassablement les événements de leur quartier, de leur paroisse[1]. Assises à l'ombre sur des seaux retournés, sur les bornes cochères, accoudées à la margelle, aux encoignures, partout, elles formaient un redoutable troupeau caquetant et multicolore de coiffes, de bonnets, de jupes, de chemises. Sous les fronts têtus brillaient des regards avides de curiosité et uniformément exempts de charité.

Aubin enjamba cavalièrement les galoches et les sabots des gardiennes bénévoles de la moralité publique. Il bouscula quelques seaux en se moquant éperdument de l'aigreur de certaines réflexions auxquelles il était habitué depuis sa sortie du berceau, et s'engagea au fond dans une autre ruelle, si étroite entre deux jardins potagers que ses coudes en touchaient la clôture. Au bout de quelques pas il sortit dans la rue Neuve-Notre-Dame. Large de quinze pas, toute droite de la rue Saint-Jacques jusqu'à la grande porte de la cathédrale, pavée de neuf, c'était sans doute la seule

1. Il y en avait quatorze rien que dans l'île de la Cité.

rue du royaume où il faisait véritablement jour, ce qui obligeait les artisans accoutumés à l'habituelle pénombre qui régnait dans les cités médiévales de tendre des toiles au-dessus de leurs éventaires pour protéger leurs productions des ardeurs du soleil.

Tous ces vélums aux couleurs vives donnaient un perpétuel air de fête à la plus belle des rues de la ville royale.

Certain d'avoir encore un peu de temps devant lui, Aubin obliqua instinctivement à droite et trotta jusqu'à l'angle de la rue Saint-Jacques où, en face de l'auberge de la Coquille Dorée, s'élevait une maison d'égale importance dont les étages avançaient de beaucoup sur la célèbre voie qui jadis menait seulement à Rome avant de se diviser comme aujourd'hui pour joindre également Saint-Jacques de Compostelle. Au rez-de-chaussée, s'ouvrait une très large voûte de pierre d'où s'échappait l'odeur divine du pain chaud. C'était la maison de maître Arbessier, le meilleur talmelier[1] de l'île.

Du coin de la maison paternelle, Aubin fouilla le grand trou sombre d'un regard attentif. Très vite, il aperçut une silhouette claire et diffuse à cause de ses longs cheveux dénoués. Le cœur du garçon battit plus fort. Agnès !

Mystérieusement prévenue de la présence de son copain de toujours, la jeune fille regarda de son côté.

---

1. Boulanger.

Du pouce, elle montra discrètement le plafond. Aubin hocha la tête à la surprise des passants toujours à l'affût de tout et s'en fut, « refait à neuf ». Il trouva soudain que la rue sentait le bonheur, l'envie de rire pour rien, de courir.

Il reprit son refrain sans s'occuper des badauds, emprunta la rue en sens inverse en imitant la trompette de cuivre du sergent du guet quand il sonnait l'ouverture du marché.

La tête pleine d'oiseaux, il remarqua pour la première fois que la rue s'encadrait exactement dans le grand portail de la maison-Dieu comme disaient les pèlerins de Compostelle.

Autour du Grand Chantier, les maisons se pressaient à la manière des fidèles aux offices. Après un grand concours de disputes, de coups et de mises au pilori, le prévôt avait enfin obtenu que soit réservé le passage d'un gros chariot ou d'un carrosse entre les façades tassées et les murs blancs de la cathédrale. Cinq bons pas, c'était tout ce que l'autorité la plus rigoureuse de ce temps avait pu obtenir.

Aubin se glissa dans la haie des badauds qui assistaient en permanence, avec une curiosité inlassable, à la plus petite comme à la plus spectaculaire manifestation de la lente et fabuleuse naissance du plus grand édifice connu des Parisiens. C'était un ennui constant pour les ouvriers mais une aubaine pour les tire-laine et tous coupeurs de bourse qui, malgré la présence des gens du guet, trouvaient là l'occasion d'une confortable moisson.

L'intérieur de la nef était vide. C'était la seule place disponible aux charpentiers pour tracer, tailler, assembler leurs poutres et leurs chevrons, avant de les hisser en plein ciel vers la formidable charpente en cours à l'aide de treuils en forme de tambour où un valet choisi pour sa corpulence tournait dans le tambour comme l'écureuil dans sa cage.

Le travail se déroulait là, entre les piliers immenses dans un solennel écho qui donnait une dimension exaltante aux gestes banals ou minutieux. Céleste ambiance qui n'empêchait pas les compagnons de graver des insolences aux coins secrets des chapiteaux, ni à leurs apprentis de faire les farces les plus douteuses. Aubin évita soigneusement de se faire voir de Blaisois Fin-Trait qui s'escrimait à positionner une poutre sur un gabarit tracé à même les dalles neuves.

L'enfant fit discrètement le tour par le déambulatoire pour gagner l'établi de son « ami » Choupart dont l'échafaudage s'élevait contre la porte du Midi au fronton de laquelle l'artiste sculptait depuis des mois la lapidation de saint Étienne.

Le chœur et l'autel de fortune couverts de bâches, hors le dimanche[1], lui permirent de se dissimuler aisément. Il vit alors le sculpteur reprendre terre et s'engouffrer sous la tente, « la loge aux traits » du

---

1. Les autels avaient été consacrés du vivant du fondateur, Maurice de Sully, soixante-deuxième évêque de Paris.

maître d'œuvre, pour y discuter probablement d'une attitude, du pli d'un vêtement.

Le petit démon se signa de reconnaissance : le destin avait parlé ! Il se précipita jusqu'à la plate-forme. Une grande boîte à outils y était ouverte.

Avec une certaine répugnance, il disposa son « cadeau » au milieu des gouges, des ciseaux et poussa l'art ou plutôt le vice jusqu'à dérouler le corps brisé de la vipère sur le manche du maillet de bois, tête allongée là où la main se posait naturellement.

Satisfait de son chef-d'œuvre, mais le cœur battant, il s'affala au sol et demeura tapi à l'abri d'un pilier, le temps de retrouver une respiration ordinaire.

Si bien absorbé par l'organisation de sa vengeance, Aubin était demeuré sourd au tintamarre des outils. Avec le calme de ses artères, le bruit lui revint avec la force d'un seau d'eau lancé à la volée. Il sursauta, se frotta les yeux, puis avec un naturel parfait revint vers « son » chantier, tout sourire vers Blaisois Fin-Trait.

« J'ai fait vite, maître, mon grand-père Ogier m'a envoyé au port Saint-Landry... »

Le maître charpentier leva la tête de son ouvrage et lui lança un regard soupçonneux.

« ... Mouais, tu aurais traîné encore un peu plus et on était demain... toujours cela de gagné, non ?

— Oh ! maître... je vous assure...

— Pas de chanson, beau merle ! Il y a cette face de poutre à redresser. Allez, ajouta-t-il en posant son équerre, prends les oreilles du rabot et tire comme si tu travaillais. »

Aubin ne releva pas la lourde ironie de son maître et s'exécuta avec la plus parfaite modestie. Bien calé contre la poutre, il se mit à tirer à « belle cadence », émerveillé comme chaque fois par le copeau blond qui naissait devant le fer et venait s'enrouler près de son nez en fin de mouvement.

Les « oreilles » du rabot, c'étaient deux poignées sommaires qui permettaient à l'apprenti – on disait aussi le garçon – de tirer l'outil tandis que le compagnon poussait en le guidant là où c'était nécessaire. Rabot ou varlope à « quatre bras » permettaient d'abattre sans fatigue un ouvrage énorme.

Du coin de l'œil, Aubin regardait s'agiter le chantier. Jacquinot aidait son maître Normand la Vertu à refendre une lourde pièce au passe-partout. L'Amiénois Beau-Poignet, un tailleur de pierre, piquetait une tête de chapiteau au ciseau « grain d'orge ». Breton le Bon[1] affûtait sa scie avec des grincements à faire retourner les dents dans la mâchoire. Et tout près du tas de bois neuf, Bertrand Beau-Compas, dont les avant-bras étaient aussi volumineux que la cuisse d'un homme ordinaire, rectifiait à l'herminette une poutre de quarante pieds de long.

Aubin siffla d'admiration.

1. Le bon : le courageux.

« Quelle vitesse ! voyez, maître, on n'aperçoit même pas le fer de son outil !

— Ce n'est pas comme nous, ronchonna le compagnon. Un aveugle aurait le temps de compter les nœuds du bois du rabot ! Allez, tire, animal, tire, tu t'occuperas des voisins une autre fois. »

Aubin baissa la tête en se disant que Blaisois Fin-Trait paraissait encore de plus chétive humeur que d'habitude, ce qui ne présageait rien de bien fameux pour le reste de la journée. Cette pensée en amena une autre : celle de son « piège à sot » là-haut sur l'établi de Choupart. Il en mettait du temps à fonctionner, celui-là ! et si c'était un autre qui prenait le maillet ?

Tout à sa vengeance il n'avait pas beaucoup songé aux conséquences. Si jamais l'affaire tournait mal il aurait certainement l'occasion de s'en souvenir longtemps. Le cœur angoissé, il commença de se demander s'il avait si bien fait d'« engeigner[1] » le sculpteur avare.

Un grognement de Blaisois Fin-Trait le fit sursauter.

« Mais il dort, ma parole ! »

L'âme en déroute, Aubin tira de travers sur les poignées et le robot se bloqua contre un nœud.

Les sourcils froncés par la colère, le maître charpentier prit une longue inspiration afin d'avoir assez d'air pour injurier son élève à son gré. Il fut pris de court par un immense cri qui résonna sous les voûtes,

1. Engeigner : prendre dans un engin, piéger.

accompagné d'un puissant concert de bruits divers dont l'ensemble semblait traduire un dangereux écroulement.

Le charpentier, interloqué, laissa seulement filer un long trait d'air en regardant craintivement vers les voûtes.

« Qu'est-ce que... ?

— Quelqu'un a dû tomber, dit Jacquinot avec un coup d'œil appuyé.

— C'est peut-être une boîte à outils, annonça le commis de l'Amiénois.

— Au bruit, soupira Aubin avec un regard angélique, c'est peut-être un échafaudage qui est tombé. »

Tous les ouvriers s'étaient arrêtés en même temps et semblaient autant de statues illustrant leurs métiers.

« Il faut aller voir », décréta Bertrand Beau-Compas en levant un doigt gros comme une saucisse.

Les apprentis, heureux de cet intermède, se ruèrent, se bousculèrent entre les chevrons entassés et le plus proche pilier. Au passage, Jacquinot s'approcha de son ami.

« Cela paraît venir du côté de chez Choupart. »

Aubin approuva avec un grand sérieux, peiné.

« Cela se pourrait bien. »

Sur le lieu de l'accident, il y avait déjà foule, curieux qui avaient enjambé les barrières, commis du maître d'œuvre qui « logeaient » tout près. Tout le monde se serrait pour mieux voir. L'arrivée turbulente des apprentis ajouta à la confusion. Bertrand Beau-Compas fit de la place à sa manière, c'est-à-dire celle des béliers, et dans l'emplacement ainsi dégagé se tourna triomphalement vers ses compagnons.

« Tout le monde avait raison ! »

Du doigt, il montra avec une certaine innocence tous les exemples des hypothèses émises sur le chantier.

« Regardez ! Choupart est tombé, sa boîte à outils aussi... et l'établi a suivi ! »

Le colosse fit soudain un pas en arrière.

« Une vipère !... crevée, conclut-il après un bref coup d'œil.

— Elle l'a mordu ? demanda un des commis avec un frisson.

— ... M'étonnerait, dit tranquillement Blaisois Fin-Trait en ouvrant l'étroite gueule édentée et en la faisant voir à son compagnon.

— Cela sent une plaisanterie d'apprenti à une lieue », continua-t-il en baissant le ton.

Il jeta négligemment le cadavre du serpent, ce qui eut pour effet de semer la panique parmi les curieux. Au sol, Choupart gémissait dans l'indifférence générale. Le malheureux finit par ouvrir les yeux.

« Ma jambe... »

Jacquinot se pencha.

« On dirait qu'elle est cassée. »

Blaisois Fin-Trait, qui n'aimait pas énormément le sculpteur, dit d'un ton nerveux :

« C'est bien possible, sa jambière a une drôle de forme de ce côté-ci. »

Blaisois Fin-Trait fit la grimace, une chute agrémentée d'une belle bosse, c'était à peine un fait divers, mais une jambe cassée... Thibaut de Mesmes allait faire un foin de tous les diables. Acerbe, il désigna le blessé.

« Dégagez-le de son fouillis. »

Les apprentis se précipitèrent avec un enthousiasme renouvelé en dépit des hurlements du sculpteur. Chacun donnait son avis et parmi les curieux ceux qui n'avaient rien vu parlaient plus haut que les autres.

Tout ce tapage n'aboutit qu'à attirer l'attention du maître d'œuvre qui laissa pour un temps plans et maquettes pour entrer à grands pas dans le cercle des sauveteurs bénévoles. Sourcils froncés, poings sur la hanche, il gueula littéralement :

« Que signifie cette foire ?

— Choupart s'est cassé la jambe, répondit un commis.

— Quoi ? »

Thibaut de Mesmes abandonna aussitôt les hauteurs de sa colère de grand chef pour laisser parler l'entrepreneur.

« Eh bien, moi qui ai promis au Chapitre que la scène de saint Étienne serait achevée pour la Saint-Michel... Est-on allé quérir un médecin pour ce beau maladroit ?

— Ma foi, non, maître. »

Thibaut de Mesmes retrouva sa superbe.

« Attendez-vous que j'y aille moi-même ?

— Maître Graebel est chez lui, dans la rue Servande », dit Aubin, prêt à courir le chercher pour quitter le terrain qu'il sentait devenir brûlant.

Le chef des commis, reconnaissable à un long bonnet pointu, s'approcha, la vipère à cheval au bout d'un bâton.

« Excusez-moi, maître, mais maladroit, c'est peut-être vite dit... Quelqu'un a mis cette bête du diable dans sa boîte à outils. »

Le maître d'œuvre n'avait pas passé trente ans de sa vie sur les chantiers sans en connaître les plus petits mécanismes. Il se tourna vers les charpentiers en se grattant la barbe.

« Maître Blaisois, vous n'avez pas un garçon qui a eu récemment un différend avec ce ladre de sculpteur ?

— C'est bien possible, maître Thibaut. »

Le maître d'œuvre haussa ses formidables sourcils et dit sèchement :

« Si c'est lui qui m'a mis dans ce joli cas, j'espère que vous ferez en sorte qu'il n'oublie pas l'aventure de sitôt. En attendant, retenez-lui la paie du médecin sur ses gages. »

Ayant dit, il tourna le dos et regagna sa loge, les commis trottant servilement derrière lui.

Blaisois Fin-Trait se tourna vers Aubin.

« Tu as compris, maître sot ? et ne dis pas le

contraire, je t'ai assez entendu brailler ta victoire sur le serpent ce matin. »

Le jeune garçon baissa la tête et disparut vers le chantier. Blaisois Fin-Trait se pencha vers le blessé.

« Tu vois, Choupart, tu t'es cru bien fin en ne payant pas le gamin. Te voilà dans de beaux draps à présent. En plus, je dois le punir et il va lui falloir payer le médecin. À ta place, j'irais embaucher ailleurs en sortant de l'Hôtel-Dieu, car tu auras tous les apprentis sur le dos. »

5

La punition d'Aubin

Le malheureux grimaça de douleur et se signa sans répondre. Aubin retourna à son rabot en bougonnant. Il trouvait que c'était parler bien légèrement de lui et de l'affaire... Ce Thibaut de Mesmes qui ne manquait pas d'aller chaque soir boire un grand pot de cervoise à la Coquille Dorée... et sans jamais le payer ! Blaisois Fin-Trait survint, l'air aussi avenant que s'il avait trouvé une poignée d'orties au fond de ses braies.

« Non, plus de rabot pour aujourd'hui ! en cas de visite de maître Thibaut je ne veux pas qu'il te voie ici... au treuil, messire l'astucieux, au treuil ! cela te fera les mollets !

— Ce n'est pas juste », marmonna l'enfant.

Blaisois Fin-Trait avança les dents, comme pour mordre.

« Et c'est juste peut-être que je me fasse houspiller devant tout le monde pour tes sottises ?... Au treuil et vivement ! »

Aubin comprit que ce n'était plus le moment d'ergoter. Il passa dans l'abside et refit le chemin en sens inverse. Sur le théâtre de ses exploits, le médecin était arrivé et faisait charger le blessé sur un lourd brancard qui servait ordinairement à promener la grande statue de la Vierge dans les processions. Un clerc du Chapitre montra le coupable du doigt.

« C'est lui qui doit vous payer, messire Graebel.

— Je sais mieux que toi ce que j'ai à faire, maître cafard ! grommela Aubin avec un mauvais regard.

— Je te ferai crédit, va », dit le médecin en souriant.

Malgré sa robe noire et son bonnet à rabat, il n'avait pas l'air grave pour un denier. Il se pencha vers l'enfant avec un clin d'œil vers Choupart.

« Si j'ai bien compris, celui-là connaît à présent le goût de ta soupe à la vipère ?

— Oui », dit Aubin en retenant mal un éclair de gaieté.

Maître Graebel se redressa et dit tout haut comme s'il prêchait :

« Il sera sur pied avant six semaines, si Dieu veut bien l'absoudre de ses péchés évidemment. »

À ces mots, tous les assistants se signèrent et Aubin

tourna les talons pour se glisser dans l'étroit escalier en spirale où il ne tarda pas à monter à tâtons, tant il y faisait sombre.

Cent quatre-vingts marches plus haut, il déboucha en plein ciel entre le vent et les pigeons.

À gauche, s'étendait le colossal moutonnement des voûtes de la nef et des croisillons, à droite, on comptait quatre grandes clefs de voûte avant l'abside autour de laquelle se gonflaient les vingt et une petites voûtes des chapelles absidiales. Seuls les arcs et les clefs étaient posés comme autant d'anses de paniers fabuleux qui donnaient une épouvantable sensation de vide aux visiteurs qui voulaient s'aventurer dans cette partie vertigineuse du Grand Chantier. Toutes les voûtes étaient reliées au niveau des clefs par un plancher à peu près horizontal[1], large d'un grand pas et bordé de solides garde-fous. Au centre de l'immense bâtisse, à la « croisée du transept », comme disait Thibaut de Mesmes, un assemblage de poutres s'élevait déjà de soixante pieds au-dessus du reste. C'était la base de la future flèche dont le maître d'œuvre assurait qu'elle mesurerait trois cents pieds de hauteur. Aubin demeura un instant immobile, toujours stupéfait devant l'ampleur de l'œuvre.

Il grimpa lestement sur le chemin de bois qui dominait la totalité du chantier. Sur les bords, contre les murs, des maçons commençaient à refermer les voûtes

1. Ce plancher existe toujours.

sur d'énormes gabarits en bois appelés cintres, en prenant soin de réserver des passages pour les pierres, les seaux de mortier et les pièces de charpente.

Il ne lui fallut pas longtemps pour gagner le treuil animé par René le Dadu[1], un grand sot courageux comme un bœuf et tout à fait incapable d'assembler correctement deux morceaux de bois. Hors le treuil, il n'était bon qu'à frapper sur les coins à refendre les troncs. Il pouvait aussi boire à lui tout seul autant que dix hommes de bien[2].

Aubin s'arrêta sur la passerelle et cria pour être sûr que Blaisois Fin-Trait l'entendrait cent pieds plus bas :

« Hé ! Dadu ! sors de ta cage, je viens prendre ta place ! »

Le gros commis s'arrêta et mit la barre qui bloquait la machine. Il sortit, plus balourd que jamais, en se frottant les yeux. Il avait une grosse voix toujours un peu étonnée.

« Il y a encore bien du soleil.

— Qu'est-ce que tu crois ? ma parole, je parie que tu dors en marchant sur les bardeaux. »

Dadu eut un ricanement niais.

« Dormir... on pourrait, c'est sûr, mais il ne faudrait pas que l'on te gueule dessus sans arrêt... Haut !... Bas !... ça réveillerait un mort. »

D'en bas, la voix du maître charpentier arriva amplifiée et déformée par la distance.

1. Dadais.
2. Hommes de devoir. À l'époque, ouvriers de qualité.

« Dadu ! tu dégageras les pièces et tu les rangeras derrière la passerelle.

— Ouais ! »

Aubin entra dans la cage obscure, murée de barreaux usés par les pieds et les mains des « écureuils » qui s'y étaient succédé. Il débloqua la barre-frein et assura son aplomb sachant bien qu'il était beaucoup plus léger que son prédécesseur. Il attendit le commandement qui arriva presque aussitôt comme un écho narquois.

« Haut ! Oooh... »

Aubin serra les dents et commença de gravir le mur mobile avec l'enthousiasme d'un âne chargé d'un bât trop lourd.

Le câble s'enroula doucement autour de l'axe avec un grincement que le garçon trouva vite écœurant.

En bas, chez les « poux et les fourmis », c'est-à-dire au fond du précipice, la longue poutre neuve décolla de terre. Après une courte hésitation due à la tension de la corde elle s'éleva majestueusement en tournant lentement sur elle-même.

Dans la cage, Aubin commençait à transpirer... et le temps passait de la plus sotte des façons. À un cri qui ressemblait plus à un bourdonnement qu'à un ordre, Aubin marchait dans un sens, s'arrêtait, les membres tremblants, repartait en sens inverse pour faire redescendre le grappin, et cela recommençait, inlassablement. L'enfant abruti réagissait comme un animal dressé. Il n'avait même pas vu arriver Breton le Bon et son apprenti Hippolyte, venus tous deux aider le Dadu à préparer le montage des poutres du lendemain. Blaisois Fin-Trait, déchaîné jusqu'au délire, lui avait fait hisser onze pièces !

Il mesura son exagération avec la visite de Thibaut de Mesmes qui avait l'œil à tout.

« Onze pièces pour un gamin ! Maître Blaisois, vous allez me l'user », remarqua le maître d'œuvre.

Le charpentier se gratta la tête.

« Oui, vous avez sans doute raison, mais c'est qu'il est énervant, le drôle... et pour une fois que j'ai pu le coincer... Il paie une année entière de sottises impunies.

— Bon, eh bien, cela suffit, voici le crépuscule. Plus personne ne saurait travailler là-haut sans danger de choir. »

Déjà les moines de l'Hôtel-Dieu avaient ôté les bâches du chœur et s'assemblaient pour chanter vêpres.

Blaisois Fin-Trait tira son sifflet de buis et souffla trois fois. Un peu partout dans l'immense dentelle aérienne résonnèrent des cris, des appels joyeux d'écoliers pour qui l'on sonne la récréation. Le Dadu arrêta le treuil et, moqueur, aida Aubin à sortir de la cage infernale.

« Cela t'a plu, moustique ? »

L'enfant avait le tournis ; il ne répondit pas et s'accrocha à la grosse patte du commis qui le hissa d'un bras sur la passerelle.

« À présent, tu ne ronchonneras plus à cause des pièces qui ne montent pas à ton gré, dit Hippolyte avec un rire épais.

— C'est le métier qui rentre, grimaça le Breton. Allez, garçon, viens, nous descendons pour le Salut. Tu entends les moines qui se font la voix ? »

Amener Aubin au bord de l'épuisement était une chose, le dresser en était une autre. Bien cramponné au garde-fou il redressa la tête qui lui tournait encore un peu.

« Allez-y tout seuls, moi j'ai pris tant d'agrément dans le treuil que je vais le faire tourner toute la nuit pour mon plaisir. »

Les autres le regardèrent ahuris.

« Si, si, allez le dire à Blaisois Fin-Trait. »

Breton le Bon se vissa le doigt dans la tempe et grommela :

« À ton aise, maître fol ! Venez, vous autres. »

Les trois ouvriers s'éloignèrent rapidement. Aubin entendit leurs pas décroître puis disparaître tout à fait après qu'ils eurent claqué sur les premières marches de pierre. L'enfant lâcha la rambarde. Sa tête ne tournait plus. Il cracha rageusement sur le treuil et prit à son tour le chemin de bois. En se couchant derrière les collines de Chaillot, le soleil éclairait encore par moitié les objets dressés d'une lumière nette et blonde. Tout le reste du chantier silencieux baignait peu à peu dans une ombre presque bleue.

L'immense ville, qui se calfeutrait dans la brume du

soir, vibrait doucement au tintement atténué de centaines de cloches. Sous les pieds de l'enfant, du gouffre absolument noir où clignotaient quelques cierges, la voix pure des moines monta vers lui.

« Conditor alme siderum. Aeterna lux credentium... »

Aubin ferma les yeux un instant. Une paix subite calma sa colère et son indignation. Le bruit des cloches paraissait augmenter le silence du Grand Chantier. Il s'arrêta près du vaste assemblage de la flèche. Poussé par un soudain besoin d'ascension, il grimpa le long de la première échelle, puis de la seconde qui était plus haute et au bout de laquelle il savait trouver une plateforme. Malgré sa fatigue il eut bientôt toute la ville sous lui, immense concours de toits sombres légèrement enfumés. Il s'allongea sur le ventre et, le menton dans les mains, goûta la douceur incomparable et secrètement mystique de ce crépuscule d'automne, tout rempli du spectacle grandiose qu'il était le seul ce soir à pouvoir contempler.

À présent, les collines étaient noires et tranchaient sur le ciel lumineux. Les cloches s'étaient tues et Paris s'assombrissait. Aubin, toujours aussi peu porté à retrouver ses contemporains, pensa qu'il devait faire nuit dans la plupart des rues. Une petite crampe lui indiqua que le pâté de midi était loin. Qu'à cela ne tienne ! Il dormirait sans dîner. Cela lui suggéra une pensée un peu charitable pour « l'autre sot avec sa jambe cassée ». Bercé par l'air doux, il imagina les milliers de foyers que les femmes couvraient des cendres froides de la veille et ces arpents de lits, de cadres, de grabats, où les gens se couchaient après avoir verrouillé portes et fenêtres.

On dormait tôt à Paris, car on s'y levait aux cloches de matines, souvent avant le chant du premier coq.

Il y avait un morceau de bâche sur la plate-forme. Aubin s'en fit une couverture. L'image d'Agnès passa devant lui et il s'y attarda jusqu'à s'y noyer, regrettant à présent d'avoir, par son mauvais caractère, manqué son rendez-vous du grenier. Déjà endormi, il tira sur son capuchon, remonta les jambes contre sa poitrine et sombra avec l'obscure conscience que la fatigue coulait de ses membres comme le sang d'une plaie ouverte.

6

Le jeune Aubin découvre une sombre affaire

Aubin nageait avec aisance. Il n'avait pas besoin de respirer car, inexplicablement, il nageait en l'air et trouvait cela parfaitement normal. Sous ses bras qui s'agitaient mollement un pays défilait. Il en voyait les champs, les villages, les mares et les bestiaux, mais les gens étaient absents. De loin, il aperçut une grande colline couverte de blé mûr qui ondulait avec la brise. D'une petite inclinaison du cou il plongea, se rapprochant en souplesse de la pente étincelante. De près, il sut que ce n'était pas du blé mais des cheveux. Longs, fins, dorés, une sorte d'immense trésor somptueux où il se posa légèrement, pas du tout surpris de comprendre que c'étaient les cheveux d'Agnès.

Sans se soucier de logique, il la chercha des yeux tout en étant couché dans l'onde épaisse de sa chevelure. Il entendit soudain un frôlement et pensa : La voilà !

Aussitôt tout devint noir. Il comprit qu'il avait rêvé en sentant l'air de la nuit sur son visage. Il allongea le bras pour fermer l'imposte du grenier et ne trouva que le vide. Une immense question muette et pleine de menaces emplit sa tête et soudain tout lui revint à la façon d'un sac de noix qui se déchire. Les champignons, la poutre du prévôt, la course aux bœufs, la vipère, le treuil et puis son brusque sommeil sous la bâche... la flèche, bon sang ! Ce n'était pas le moment de faire un geste inconsidéré !

Il serra les poings pour éviter un début de vertige et une crampe d'estomac lui apprit que la faim l'avait réveillé. Il s'étira avec précaution, incroyablement souple et dispos. Vers Saint-Paul la lune à son premier quartier se promenait dans un ciel pur sans éclairer grand-chose. Aubin se dit que le reste de la nuit menaçait d'être long sur son perchoir. Un nouveau frôlement identique à celui de son rêve le fit tressaillir. Il mit un petit moment à comprimer les cavalcades de son cœur et surtout à saisir l'invraisemblable réalité : il y avait quelqu'un d'autre dans la flèche ! Il frissonna d'inquiétude, puis son aplomb ordinaire reprit le dessus. Qui que soit l'inconnu il ne pouvait pas être plus haut que lui car il aurait dû lui marcher dessus pour gagner la troisième échelle. Et pour y faire quoi ? Je vous le demande ?

Les échelons du bas grincèrent doucement. Aubin colla son œil à une fente du plancher. Une épaisse silhouette grimpait avec précaution en tenant une lanterne sourde.

À de brefs éclairs, Aubin put apercevoir le poing de l'homme et son bonnet à visière ornée d'une coquille.

Un pèlerin ! Venait-il accomplir un vœu ? c'était douteux.

L'homme s'élevant toujours, Aubin jugea prudent de ne pas s'éterniser sur la plate-forme. Il se dégagea souplement de la bâche et prit les montants de la dernière échelle. Grimper à tâtons lui était un jeu.

Il en allait autrement pour l'inconnu qui se hissa sur le plancher en soufflant comme un bœuf. Au bruit de sa respiration oppressée l'enfant sut que ce n'était pas un habitué des chantiers. Adroit cependant... peut-être un naute[1] ? L'inconnu s'assit lourdement et tâtonna un moment pour orienter sa lanterne dont il ouvrit trois fois le volet de métal. Le rayon après avoir accroché une poutre se perdit dans la nuit. Mais au-delà des remparts vers les pentes du nord, Aubin vit nettement un point s'éclairer trois fois de suite en réponse au signal venant de la flèche. L'homme referma sa lanterne, tâtonna sous lui pour retrouver le premier échelon et disparut sous le plancher. Aubin

1. Naute : marinier, marin.

eut encore une fois l'occasion de constater qu'il avait des poings énormes et qu'il lui manquait le pouce gauche. Les brèves lueurs qui s'échappaient de la lampe lui permirent d'apprécier le chemin de l'inconnu.

« Il redescend au chemin de bois... vrai, il n'a pas peur. »

Excité et sûr de son agilité en un pareil lieu, Aubin partit sur ses traces.

L'homme peinait énormément, hésitant souvent sur l'exact chemin pour trouver l'échelon suivant. Il était apparemment stupéfait de ne pas retrouver le passage le long d'une échelle. Il ignorait évidemment que l'on grimpe sans problème en se faufilant tout naturellement et qu'en sens inverse on découvre d'inimaginables obstacles sous un angle différent. Aubin ne connaissait pas de tels problèmes, il se coulait comme un lézard, sachant de surcroît, à chaque assemblage, qu'il fallait contourner la forme et l'inclinaison de celui qui suivrait. Doigt-Coupé, qui soufflait aussi fort que pour monter, dut dévoiler plusieurs fois sa lanterne pour s'y retrouver.

Tout entier captivé par sa chasse, Aubin avait oublié ses craintes et même toute prudence. Quand Doigt-Coupé arriva sur le chemin de bois, les membres tremblants de fatigue, l'enfant était à dix pieds au-dessus de lui, accroché par les pieds à un étrier de chêne. Il le vit repérer une marque à la craie, puis une autre deux pas plus loin. Aubin nota que Doigt-Coupé, prudent, avait tracé son chemin en arrivant. À présent il retournait vers l'escalier nord. La main courant sur le garde-fou, Aubin suivit comme à la promenade jusqu'à l'entrée de l'escalier où l'inconnu, titubant sur ses jambes, profita de l'abri des murailles pour ouvrir complètement sa lanterne et descendre le redoutable enchaînement des marches en pleine lumière.

Aubin lui laissa prendre une avance suffisante et, un doigt sur chaque paroi, descendit à son tour.

L'escalier aboutissait en face d'une ruelle que prenaient les moines pour rejoindre l'Hôtel-Dieu. Lorsque l'enfant arriva dans la rue, elle était vide. Doigt-Coupé avait dû éteindre sa lanterne, ce qui confirma Aubin dans la conviction qu'il avait affaire à un truand, gens fort accoutumés à se déplacer dans l'obscurité des rues. Aubin tendit l'oreille et entendit des pas lourds qui s'éloignaient. Il bondit dans la ruelle noire dont il connaissait le moindre caillou et, tous les sens en alerte, se rapprocha de son gibier. Autour de lui, chats, chiens et rats se livraient à leurs habituelles guerres à mort. Ces brusques grincements, ces petits cris, ces galopades soudaines brouillaient le bruit des pas de Doigt-Coupé. Aubin se hâta et comprit que l'homme avait pris à gauche dans une autre ruelle plus calme. Sa marche prudente s'entendait plus clairement. Il s'arrêta, rechercha à tâtons l'entrée de la rue Servande et la descendit vers le puits. L'homme devait être d'une belle trempe car il ne sursautait même pas aux brutales rages des chats qui éclataient un peu partout. Aubin marchait au milieu de la chaussée, les galoches dans le ruisseau. C'était l'endroit le plus sale mais le seul débarrassé de tout obstacle par les riverains pour éviter qu'il s'y forme des mares à la première pluie.

Ils allèrent ainsi l'un suivant l'autre durant quelques douzaines de pas, puis Doigt-Coupé disparut d'un coup. À hauteur du grand hôpital silencieux le cœur d'Aubin fit un bond.

« Par Dieu ! il dort à la Coquille Dorée ! »

En quelques enjambées rapides, il parvint à l'angle du petit terrain où Ogier élevait ses poireaux. L'homme était indécelable dans l'obscurité mais le grincement familier de la porte du dortoir des pèlerins valait toutes les indications. Aubin s'avança, raclant les pieds, mains en avant, très méfiant parce qu'Ogier changeait continuellement ses auges de place, jusqu'à l'auvent du dortoir. Une vague lueur filtrait sous un volet. L'enfant s'approcha, grimpa en silence et posa son œil contre la fente, comme il avait fait sur la plate-forme là-haut, dans la flèche. Il faillit tomber de saisissement. Des cottereaux[1] ! Il serra poings et dents pour ne pas trembler à la vue des affreux visages entourant un bout de chandelle collé à un bat-flanc. Ils étaient là quatre ou cinq, à peine surgis de l'ombre, couturés, brèche-dents, lippe assassine et regards fixes de reptiles, qui s'écartèrent pour faire place à Doigt-

1. Bandits redoutables et supérieurement organisés dont les habitants des villes avaient tout à craindre en dépit des remparts.

Coupé dont le visage bestial était tranché d'une pommette à l'autre par une abominable cicatrice. Chacun se serra de nouveau et, à l'occasion du mouvement, Aubin vit luire de lourds poignards à la lumière hésitante de la chandelle.

Toujours cramponné à son rebord de fenêtre, il se dit qu'il avait été bien léger de suivre à le toucher un bandit qui, s'il s'en était aperçu, l'aurait égorgé sans hésitation.

L'enfant prêta l'oreille de son mieux mais ne saisit que des mots sans suite, dans le grondement assourdi.

Il se dit qu'il en savait assez et s'écarta avec mille précautions pour abandonner son perchoir. C'est à peine s'il toucha terre pour parvenir à la porte de la cuisine dont il fit jouer la clenche à l'aide d'un anneau très discret, après un sifflement feutré destiné à rassurer Néron, le dogue, qui dormait.

À l'abri des formidables mâchoires du molosse qui lui fit fête à grands coups de langue et avec force gémissements, Aubin sentit revenir son assurance. Il était temps. Il y avait du monde dans la grande salle ouverte bien après le couvre-feu, privilège qui coûtait cher à Thomas Loisillon et n'était pas étranger au futur mariage de la seule fille de la famille avec Quentin, le fils du sergent du guet. Aubin poussa la porte, salué par un silence général. Toutes les têtes se tournèrent vers l'arrivant. À la première table, il y avait Thomas, Gilles l'aîné, Simon Fort-Étrille, le sergent du guet, et maître Arbessier, le père d'Agnès. Près de la cheminée, Thibaut de Mesmes, Bertrand Beau-Compas, Blaisois Fin-Trait et quelques commis jouaient aux dés – encore un privilège, car la chose était mal vue des autorités religieuses. Dans le fond, près de l'entrée, il y avait beaucoup de silhouettes familières mais sans visage identifiable.

Au comptoir sculpté, Marie, la sœur, surveillait la caisse et les deux servantes qui pouffaient dès qu'elles étaient hors de vue de la sévère demoiselle. Le premier instant de stupeur passé, Blaisois Fin-Trait lui adressa la parole :

« Alors on ne fait plus la tête ? Le Dadu m'a dit que tu étais grimpé bouder dans la flèche.

— C'est vrai, dit Gilles, toujours prêt à s'amuser aux dépens de son petit frère. Comment as-tu fait pour redescendre dans le noir ? »

Aubin, qui piochait déjà dans une écuelle de petits pâtés frits, le regarda bien en face et répondit froidement :

« J'ai glissé. »

Blaisois Fin-Trait se tourna avec une indignation amusée vers le maître d'œuvre.

« Et vous qui m'accusiez de l'avoir tué de fatigue ! »

Thibaut de Mesmes essuya la bière de sa moustache et sourit.

« Je dois reconnaître que l'animal a de la santé à revendre... et qu'il a l'aplomb d'un commissaire. »

Aubin, parant au plus pressé, avala son second pâté et vint boire au gobelet de son père qui se récria.

« Tu te mets bien, toi ! du vin de la Goutte d'Or ! C'est sans doute pour te récompenser de ta belle journée ?

— D'autant, continua Gilles, que maître Bringuet de Vauvert a eu de l'aigreur en ta compagnie. Il l'a dit ce tantôt, ici même. »

Aubin se laissa tomber sur un coffre.

« Je voudrais bien savoir ce qu'il a à me reprocher ce gros "pète-gras" ?... C'est Raffard le pue-main qui lui a flanqué sa poutre dans la vase, pas moi ! »

Simon Fort-Étrille pouffa dans son gobelet en éclaboussant les voisins.

« Oh ! Oh ! Peste soit du drôle ! "Pète-gras", oh ! je ne sais pas ce qu'en dira le gros Bringuet mais jamais surnom ne sera mieux porté ! »

Puisque le sergent du guet en riait, il n'y avait pas de raison pour se gêner. Tous les rebelles au couvre-feu firent chorus et Bringuet de Vauvert reçut cette nuit-là un nouveau patronyme qui ne le quitterait qu'à son dernier soupir. Profitant de l'hilarité générale, Aubin se pencha vers son père.

« Il faut que je te parle... tout de suite. »

Au premier coup d'œil, le père Thomas mesura la gravité du regard de son polisson. Il se leva aussitôt.

« Heu... demande aussi à Simon Fort-Étrille. »

Thomas baissa la voix.

« C'est... c'est si sérieux ? »

Aubin approuva du menton et précéda son père soudain plein d'angoisse.

Le sergent du guet et Thomas portant une chandelle vinrent s'asseoir près du grand billot à découper. Thomas posa trois gobelets et une mesure de cervoise[1]. Aubin servit machinalement, bientôt gêné par le regard fixe des deux hommes. Il se recueillit un instant pour ne rien oublier et leur raconta tout d'un seul jet, depuis la flèche jusqu'au dortoir. Il termina dans un silence oppressant et en profita pour boire une gorgée. Thomas toussa enfin.

« Il est de fait que j'ai six pèlerins au dortoir du fond qui attendent des compagnons de chemin. Ils m'ont dit être soldats du comte de Flandre, préoccupés de leur salut. Ils ont un certificat. »

Simon Fort-Étrille vida son godet d'émotion et rota sans retenue. Nul n'y prit garde.

« Cottereaux ! faux certificats, faux pèlerins...

— Et faux soldats », dit gaiement Aubin.

Le sergent du guet se frotta pensivement le nez.

« Pas sûr, mon garçon, peut-être bien vrais soldats et du comte de Flandre justement... qui les laissera faire cette pillerie en place de les payer... S'ils manquent leur coup il ne les connaîtra plus, sinon il les aura garnis pour l'hiver sans bourse délier !

— Que faire ? soupira Thomas... jusqu'à demain s'entend.

— Facile, dit le sergent plein d'allant, on ne bouge ni pied, ni patte et tout le monde va dormir après avoir

1. Bière.

fermé à franc verrou. Au jour j'irai chez le prévôt, et vous ouvrirez l'œil. »

Aubin goûta encore sa bière comme un homme méticuleux.

« Dans un sens, c'est nous qui avons l'avantage en connaissant une partie de leur projet.

— Tu es dans le vrai, petit Loisillon, et je ne donne pas longtemps de ta vie avant que tu reçoives des compliments du grand prévôt royal.

— Que Dieu vous entende, sire sergent, la chose lui fait bien besoin depuis qu'il accumule autant de fâcheries, dit candidement Thomas.

— Bon chien ne reste pas coi au chenil. Allons... tout le monde chez soi et pas un mot, même en famille. »

Les trois conspirateurs disparurent dans la grande salle où de l'avis général le sergent venait encore d'arranger une sottise d'Aubin le turbulent.

« On ferme », brailla Simon Fort-Étrille.

Si la loi s'en mêlait... Personne ne songea à discuter ni à arguer d'une ultime revanche. On rangea les dés, on paya les servantes avec une hâte qui en disait long sur l'autorité du sergent. Et puis, les attardés rentrèrent chez eux à tâtons en maudissant la lune trop chétive, dans la crainte d'un voleur encore bredouille.

7

Aubin se couche...
et ne dort pas

Lampe à huile en main, Thomas alla vérifier la solidité des portes et des volets. Derrière le comptoir et le vaisselier en merisier où les servantes rangeaient les gobelets une fois nettoyés, commençait l'escalier surmonté de la maquette d'une abominable gargouille qui semblait vivante dans la lumière incertaine et faisait si peur à Aubin lorsqu'il était petit.

Contre la première marche la famille s'assembla et dit la prière du soir sous la conduite de Thomas. Aubin fut le seul à remarquer que son père insistait lourdement sur la dernière phrase : « *sed libera nos a malo*[1] ». Après le traditionnel baiser de paix, ils grim-

1. Mais délivre-nous du mal.

pèrent doucement pour ne pas déranger le chapelain de Saint-Martial et les compagnons du Grand Chantier qui dormaient au premier. Au second étage chacun avait sa chambre, luxe considérable pour l'époque, excepté Aubin qui dormait au grenier et le vieil Ogier qui avait une soupente bien à lui au-dessus des cuisines et, à cette heure, y ronflait harmonieusement depuis longtemps. Aubin s'engagea sur l'échelle de meunier qui menait au-dessus, en raillant :

« Hâte-toi de te marier, Marie. Gilles a déjà un client pour ta chambre : un des clercs aux plans de Thibaut de Mesmes. »

Gilles leva son rat de cave[1], montrant une figure gênée où brillaient des yeux hostiles.

« Et puis après ? puisqu'elle doit partir de toutes les façons, il n'y a pas de mal à vouloir que la maison gagne ce qu'elle mérite.

— Je constate que tu n'essaies même pas de nier, dit Marie d'un ton acide.

— Au lit ! » gronda Thomas, en songeant qu'il aurait dû calotter plus souvent son aîné depuis la mort de sa femme.

Aubin tira la langue à son frère et attaqua l'échelle d'un pas sûr. Il connaissait chaque planche, chaque nœud des poutres et lui seul savait ouvrir et fermer la petite porte biaise[2] du grenier sans la faire grincer. Il faisait chaud sous les planchettes de tilleul. Il alla

---

1. Longue mèche entourée de cire qui permet de s'éclairer dans une cave.
2. Taillée de biais pour suivre la pente du toit.

ouvrir le châssis du toit, toujours en silence – il suffisait de faire vite – et se dévêtit en un temps record. Sa peau blanche ne se distingua pas longtemps. Il s'engouffra avec délices entre les gros sacs de plume ou de foin. Souriant à la nuit, il chercha la meilleure posture pour s'allonger confortablement et dit enfin doucement :

« Agnès ?

— Oui », répondit une voix légère comme un souffle qui semblait sortir de l'oreiller.

Aubin ne manifesta aucun étonnement devant cette surprenante magie. Ce n'était qu'un hasardeux phénomène d'écho entre le grenier du boulanger et celui de la Coquille Dorée. Singularité que les enfants avaient découverte en jouant deux ans plus tôt. C'était un écho à confidences qui ne fonctionnait qu'en chuchotant et les lucarnes des toits ouvertes.

Cette « machine » était pour beaucoup dans l'immense amitié secrète qui liait les deux enfants. De jeu en jeu, de soir en soir, ils se disaient tout, s'étaient tout dit et se le disaient encore avec la même gourmandise. Le bruit de la grande pluie les rendait muets, donc tristes et l'hiver ils acceptaient de geler pour ne pas se priver du temps béni de leur secret, paradis réservé et dessert irremplaçable de leurs courtes vies.

Ils savaient aussi, tout comme l'abeille sait faire son miel, que le jour venu, à moins que ce ne soit une nuit, ils se diraient le reste, l'essentiel. Mais ils n'étaient pas pressés.

« Tu as été long, dit Agnès, je me suis déjà réveillée deux fois et tu n'étais pas là. »

Aubin soupira, assez content de lui.

« C'est que j'ai vu tant de choses aujourd'hui.

— Dis voir.

— Hé... je ne sais par où commencer.

— Moi, je sais. Tu es parti en forêt avec Blaisois Fin-Trait avant le jour. Je t'ai revu à la mi-di[1] au coin de l'auberge et c'est tout. Commence par la forêt. »

Aubin soupira plus fort, pour se remettre les événements en mémoire.

« Eh bien, voilà... »

---

1. Demi-journée.

8

Quand les cottereaux vont à la messe...

Sous le ciel qui grisait à peine, le premier coup de cloche était donné par le sonneur de Saint-Germain-l'Auxerrois dont le chanoine avait le privilège de « lancer le branle ». C'est dire qu'il mettait un point d'honneur particulier à ne pas être en retard. Sitôt ce premier coup de bronze, des douzaines et des douzaines de cloches des paroisses et des chapelles privées se mettaient à l'unisson, vite appuyées par les coqs qui sautaient sur le prochain fumier et s'égosillaient jusqu'à l'enrouement. Les chiens que ce tapage agaçait se mettaient çà et là de la partie.

Les cloches avertissaient les Parisiens d'avoir à rendre promptement leurs grâces au Seigneur avant une nouvelle journée de labeur. Labeur double ce matin puisqu'il s'agissait d'assurer sa tâche en même temps que préparer la grande fête de saint Michel pour le lendemain.

Au tintamarre des cloches et des basses-cours, la Coquille Dorée frémit comme à chaque aurore sous les talons de ses habitants.

De haut en bas les portes claquèrent et le grincement des marches au poids des maladroits encore pleins de sommeil acheva de secouer les dormeurs les plus têtus.

Aubin reprit conscience avec l'impression de s'être couché un petit moment auparavant. En fait, il n'avait pas dormi très longtemps. La relation minutieuse de ses aventures lui avait mangé un grand morceau de la nuit.

Son premier regard fut pour le coin de ciel en forme de part de gâteau qui bordait le coin de la lucarne – on disait aussi l'imposte.

« Tiens, le temps est couvert. »

Il trouva aussitôt que cette remarque était totalement dépourvue d'intérêt et fourragea dans sa tignasse. Un grand tapage fit brusquement vibrer les poutres jusqu'au toit.

« La maison qui s'écroule, interrogea Agnès en bâillant, c'est la tienne ou la mienne ?

— Mais non, tu sais bien que c'est le chapelain de Saint-Martial qui tombe presque tous les jours en bas de l'escalier ! Une fois c'est parce qu'il a commencé ses oraisons trop tôt, une autre parce que ses sandales sont mal lacées. »

Agnès pouffait. Un coup de pied dans la porte couvrit son rire léger.

« Debout ! le chevalier de la Dorme ! »

Aubin reconnut la voix de Breton le Bon. Il repoussa les coussins, bras et jambes courbatus. Un second coup de pied lui insuffla une rage salutaire.

« Oui ! Oui ! le Grand Chantier poussera bien sans moi ! »

Près de son oreiller, il entendait dame Arbessier appeler Agnès avec une égale véhémence. Le tumulte du jour brisait de nouveau la fragile coquille de leur secret.

Il quitta son grabat en grognant. Pernette, la plus gentille des servantes, sortit de son galetas au même instant. Sur son cadre plein de foin qui embaumait l'étroit palier, Aubin reconnut une paire de braies[1] qu'il connaissait bien et sourit gentiment au salut de la jeune femme.

« Bonjour, Pernette, il faut mieux faire ton ménage, si le chapelain de Saint-Martial se trompait de porte, c'est pour le coup qu'il tomberait du haut mal ! »

La jeune femme rougit et tira vivement son loquet.

Mis en joie, Aubin dévala l'escalier en trombe. Dans la rue Saint-Jacques les habitants s'assemblaient par petits groupes, par familles, chacun bâillant, se grat-

1. Les pantalons, au Moyen Âge.

tant, c'était un incroyable cortège de visages fripés, de bonnets de travers, de mentons hérissés, tout un peuple, à peine sorti des couvertures, qui s'avançait en se frottant les yeux vers les églises paroissiales. À l'époque le jeûne était la règle, les communions fréquentes.

Aubin et les siens gagnèrent l'église de Saint-Landry. Les cloches sonnaient encore. Le porche ouvrait sur les vases brumeuses du port. Du coin de l'œil, l'enfant aperçut la silhouette claire d'Agnès en bordure de l'allée. Il s'écarta de quelques pas et vint lui offrir l'eau bénite. Tout cela avec un grand naturel bien que tous les deux sentissent un frisson au contact de leurs doigts. Aubin regagna ensuite le coin des gens de l'auberge où s'entassaient aussi beaucoup de compagnons. Jacquinot était là, l'œil terne, la lippe molle et des brins de paille plein les cheveux. L'enfant se poussa à côté de lui en soufflant :

« Tu as fait les moissons cette nuit ?

— Pff ! ne m'en parle pas, mon père s'est chaussé dans la caboche de refaire toutes les paillasses de la maison pour la Saint-Michel ! On a pu se coucher à la mi-nuit sonnante !

— Eh bien... mais sur des paillasses neuves. »

Breton le Bon se retourna et leur jeta un regard furibond.

« Taisez-vous, maudits païens ! »

Aubin le toisa, les yeux soudain gris, et chuchota clairement :

« Bonjour à vous, maître Breton, mais... je vois que vous avez changé de braies, en vérité les autres sont plus belles... Je saurais vous aider à les retrouver si vous les avez égarées... »

L'enfant étouffa un cri de douleur. Derrière lui, Pernette l'avait pincé. Le compagnon cherchait encore une réplique appropriée tandis qu'Aubin ayant pris la prière en marche braillait avec entrain.

« *Agnus Dei qui tollis peccata mundi...* »

L'officiant, agréablement surpris par ce zèle inaccoutumé, lui lança un regard chaleureux. Agnès réprima un sourire, car elle était sûre que cet enthousiasme cachait une nouvelle pitrerie.

À gauche du chœur, dans un sombre recoin, derrière un pilier, les « pèlerins » du dortoir donnaient les marques de la plus profonde piété. Aubin se faufila en marchant au passage sur le pied de Pernette et vint se nicher tout contre son père. Cette fois il chuchota vraiment.

« Papa... tu as vu là-bas, sur la gauche ? »

Thomas posa la main sur l'épaule de son fils.

« Ce sont eux... tu es sûr ?

— Comme je te vois...

— Bon... finis ta prière... nous allons avoir besoin de l'aide du Ciel... de toute son aide », continua-t-il avec un soupir étouffé.

Aubin consentit à demeurer tranquille tout le reste de l'office.

Ensuite, comme d'habitude, ce fut la ruée des plus

jeunes dans la rue d'abord, puis vers les cuisines où l'on pouvait toujours chaparder un morceau de pain avant l'arrivée du « pater familias », qui généralement tenait beaucoup à son privilège de mettre lui-même fin au « jeûne », lors du « déjeuner ».

À la Coquille Dorée, Pernette et Cécilia, les deux servantes, apportèrent de grands pots de soupe au lard tandis qu'Aubin traversait la rue pour aller chercher les pains enfilés sur un bâton.

« Tu as bavardé comme une pie durant l'office », lui dit sévèrement la mère d'Agnès.

L'enfant, beau comme saint Jean-Baptiste, mit la main sur son cœur.

« Oh ! dame Arbessier, c'est Breton le Bon qui me cherchait noise rapport à ses braies qu'il avait oubliées sur le cadre de Pernette... sûrement pour qu'elle les lui recouse », ajouta-t-il les yeux baissés.

La femme du boulanger sentit une humeur fort orageuse s'accumuler brusquement sous sa coiffe brodée.

« Seigneur ! est-il possible de dire un mot à ce mal-appris sans en recevoir une insolence ? »

Aubin parut affreusement peiné.

« Mais, dame Arbessier, c'est Breton le Bon qui a oublié ses braies chez Pernette, pas moi !

— À Dieu ne plaise ! Tais-toi et va raconter tes sornettes ailleurs que dans une maison honnête ! »

Aubin salua avec une rigueur superbe et sortit plein de dignité.

Dans l'arrière-boutique, Agnès se tordait de rire et maître Arbessier, penché sur son pétrin, n'était pas triste non plus.

À trois lieues de là, dans un hameau forestier appelé Pierrefitte[1] non loin de Saint-Denis, une troupe de cottereaux hurlants sema la terreur chez les habitants au sortir de la messe et s'empara des enfants. Leur chef, un barbu à voix superbe, clama :

« Allez querir de quoi nous restaurer ! Nous ne rendrons pas un mioche à moins d'une andouille fumée ou d'une miche par tête ! »

Pleins d'angoisse, les paysans coururent à leurs celliers, rapportant en toute hâte le peu qu'ils avaient.

À leur grand soulagement, les bandits enfournèrent le butin dans de vastes sacs et détalèrent en riant.

Il n'y eut qu'une seule victime, le vieux curé qui avait tenté de sonner le tocsin et à présent baignait dans son sang, la nuque défoncée d'un coup de masse...

---

1. La pierre levée ; le menhir.

9

Vertige dans la cathédrale

À l'entrée de l'escalier sud, un clerc de Thibaut de Mesmes était accoté contre le montant de la porte, tenant devant lui le bonnet de Choupart le sculpteur.

Au passage, compagnons, aides et apprentis y laissaient tomber les pièces qu'ils tenaient en main. À son tour Aubin marqua un temps.

« Pas toi, dit le clerc... Tu paieras seulement le médecin. Il y en a pour trois livres », continua-t-il d'un ton rogue qui montrait clairement qu'il n'était pas de ceux qui s'amusaient des habituelles facéties de l'apprenti de Blaisois Fin-Trait. L'enfant passa en haussant les épaules, avec un petit geste indiquant que cette éventualité était le cadet de ses soucis.

Il attaqua l'escalier d'un pas alerte en mordant à pleines mâchoires dans un gros morceau de pain, relief du déjeuner qui lui permettrait d'attendre la mi-di.

Tandis que les marches défilaient près de son visage, il repensa aux six bandits qui complotaient dans le dortoir des pèlerins. Puisque son père, les capuchons et le sergent du guet s'occupaient d'eux, les bougres n'avaient qu'à se bien tenir... Il eut un instant une vision de bastonnade publique et de pilori bien mérités et se remit inconsciemment à compter les marches.

« Dépêchons, bougonna Blaisois Fin-Trait, je veux que nous ayons commencé le montage quand le soleil sera sorti de la montagne de Mesnil-Mautenz[1]. »

En plein ciel, trente pieds au-dessus des compagnons qui assuraient un jeu de poulies supplémentaires, Aubin et Jacquinot, bien accrochés par les genoux à la poutre faîtière qui reliait les trois premières fermes[2] de l'abside, attachaient soigneusement une sorte de treillis d'osier au-dessus du gouffre encore sombre de la cathédrale.

L'enfant respirait avec délices l'odeur âcre du chanvre neuf qui évoquait un peu celle du froment fraîchement moissonné. Il releva la tête avec l'impression de dominer l'horizon humain.

---

1. Villa du mauvais temps, expression déformée au XVIe siècle en Menil « montant », à cause de son altitude.
2. Assemblages de pièces de bois qui composent une charpente.

« Maître Blaisois ? pourquoi appelle-t-on cette montagne comme cela ? Il n'y fait pourtant pas plus mauvais qu'ailleurs. »

Sur le plancher, ombre grise parmi le fouillis gris des cordes, des paniers, des outils, des pièces entassées, le maître charpentier haussa les épaules.

« Je n'en sais ma foi rien ! Attache bien ton treillis, on montera dessus tout à l'heure... et, pendant que tu y es, prends donc ta langue dans le lien, ce sera double bénéfice !

— Trop tard, cria joyeusement l'enfant, mon nœud est déjà serré ! »

Il grimpa sur le treillis d'osier et l'essaya du talon.

« Il ne bouge guère ! C'est tout bon ! Il faut nous hâter, maître Blaisois ! Jacquinot, qui est encore sur la poutre maîtresse, a déjà la crête dans le soleil !

— Peste soit du serpenteau ! il arrive toujours à commander ! Allons... nous y sommes ? »

Le Dadu entra dans le treuil désormais relié aux deux montants, formant triangle, de l'appareil appelé « chèvre ». De chaque côté du gouffre, sur le mur où les maçons avaient creusé les logements du vaste élément, Bertrand Beau-Compas et Breton le Bon face à face répondirent ensemble :

« Parés ! »

Le treuil grinça, les poulies de la chèvre émirent une sorte de gémissement et huit cents livres de bois en deux immenses poutres commencèrent lentement leur dernier voyage.

Blaisois Fin-Trait éleva le ton.

« Je rappelle à messieurs les apprentis que les pièces qui vont monter sont marquées “quatre” et au franc, c’est-à-dire de leur côté droit. De cette façon, même sans y voir clair, il est facile de les remettre dans leur sens exact si jamais elles tournent sur elles-mêmes. Compris ? »

Du ciel, deux voix descendirent sans beaucoup de conviction.

« Oui, maître. »

Sur un registre plus naturel le maître charpentier continua vers ses collègues :

« Je n’aime pas faire monter les poutres doubles, mais celles-ci sont si lourdes qu’elles iraient m’abîmer la poutre maîtresse si elles ne touchaient pas ensemble.

— C’est tout à fait juste », dit Bertrand Beau-Compas en bloquant le talon de son chevron.

Breton le Bon avait quitté sa place et maintenait sa pièce à l’aide d’un bout de corde.

Là-haut sur le treillis, attaché à la poutre maîtresse, Aubin et Jacquinot voyaient arriver vers eux les grandes poutres biseautées percées à leurs extrémités.

« C’est comme les pinces d’une écrevisse », murmura Aubin.

Jacquinot hocha sa tignasse.

« Heureusement qu’elles ne sont pas aussi grosses dans les ruisseaux. »

Les grandes poutres trouées dépassèrent le treillis

en le froissant un peu au passage. Sans ralentir, celle d'Aubin vint se coller contre la poutre maîtresse. L'enfant, qui tenait une longue cheville, l'enfonça d'un seul coup de maillet. De l'autre côté la cheville manqua le second trou et fit tourner la poutre d'un quart. Jacquinot gémit.

« Raté ! Oh ! là ! là !

— J'arrive », grogna son ami.

Les deux garçons arc-boutés unirent leurs efforts pour faire revenir l'immense pièce sur elle-même. Jacquinot s'écria, angoissé :

« Le treillis plie sous nous !

— Et alors ? on l'a bien attaché, non ? Allez ! tourne !

— Ne lâchez pas, garçons ! je mets une échelle.

— Pas de danger ! s'étrangla Aubin, les mâchoires crispées, vous seriez trop content de nous le resservir à tout... propos. »

Les mains nouées sur la poutre, souffles mêlés, les deux enfants forçaient de tous leurs muscles, œuvrant à la façon des bœufs.

La poutre cessa son mouvement. Quarante pieds plus bas, l'énorme Bertrand Beau-Compas qui aidait de son mieux rugit.

« Allez !... ferme ! »

Blaisois Fin-Trait, abominablement angoissé, semblait courir sur l'échelle. Lui seul voyait plier et se tordre la poutre maîtresse. Encore quelques pouces et ils se retrouveraient tous écrasés contre le maître-autel cent cinquante pieds plus bas[1].

Sous les efforts conjugués la poutre biseautée tourna enfin dans l'autre sens et le trou se retrouva presque à l'aplomb de la première cheville.

« Monte un peu ! cria Jacquinot, le trou est encore à un pouce ! »

Bertrand Beau-Compas fit un effort dément. Les quatre cents livres grimpèrent d'un coup.

« Oui ! » hurla Aubin.

Jacquinot poussa sur le biseau qui s'accrocha enfin. Aubin enfonça la seconde cheville et tapa dessus comme un forcené. Vision rassurante, les deux tiges de chêne dépassèrent bientôt la poutre maîtresse d'un pied, soudant l'ensemble pour des siècles.

Dans toute la charpente, compagnons et apprentis, mains tremblantes, poussèrent un unanime soupir de soulagement.

« On a bien failli se casser la gueule, dit Jacquinot.

— Et pour de bon », ajouta l'enfant après un bref coup d'œil au vide qui s'étendait sous le treillis.

Le visage plissé de Blaisois Fin-Trait entra dans le soleil neuf.

Aubin posa son maillet et s'essuya la figure contre sa manche.

« Déjà là, maître ? eh bien, vous ne mettez pas longtemps à venir admirer la belle ouvrage ! »

1. Plus de quinze étages aujourd'hui.

Le maître charpentier enjamba son échelle et prit pied sur le treillis. Il serra très fort les deux gamins après les avoir ébouriffés d'une main aussi rude que fraternelle. Aubin, sensible à ce mutisme, sentit contre son oreille un cœur énorme battre un hymne formidable à l'amitié.

Il resta là quelques instants, beaucoup plus ému qu'il ne l'avouerait jamais, à l'abri de la dure carcasse. Il sentit confusément qu'il venait d'acquérir quelque chose de très important.

C'est alors que du treuil monta la voix d'ours enrhumé du Dadu.

« Qu'est-ce que je fais, moi, dans tout ça ? Je monte ou je descends ? »

Un éclat de rire général salua les paroles du pauvre garçon qui sortit lourdement de son treuil, tout fier de son succès malgré son incapacité notoire à en comprendre la raison.

10

Le sergent Simon fait son devoir

Une voix inhabituelle résonna soudain au milieu des hoquets.

« Ah ! je vois que l'on ne s'ennuie pas chez les tailleurs de Notre-Dame !... Quelqu'un peut-il me dire où trouver Aubin Loisillon ? »

Au premier coup d'œil, Bertrand Beau-Compas reconnut Simon, le sergent du guet. Breton le Bon, qui avait encore sur le cœur l'histoire de ses braies, demanda avec une fausse innocence :

« Aubin ? aurait-il encore fait quelque sottise ? »

Simon Fort-Étrille n'aimait pas le Breton avec qui il se savait en compétition dans le cœur de Pernette. Il répliqua sèchement :

« Quel coupable vaudrait que je grimpe cent quatre-vingts marches ? Je n'aurais qu'à le cueillir comme coquelicot quand il descendra au rez-de-chaussée. »

Des hauts cintres la voix de l'enfant résonna joyeusement.

« Je suis là, maître Simon ! un instant et je suis à vous ! »

Le sergent leva les yeux et dut se cramponner à la main courante. Il grommela quelques redoutables injures à son saint préféré pour l'avoir entraîné dans un pareil lieu. La vertigineuse charpente lui donnait un malaise.

« Fermez les yeux, messire, lui dit gentiment Bertrand Beau-Compas, cela va passer. N'ayez pas de gêne, ni de honte, cela nous arrive à tous la première fois que nous grimpons jusque dans la cage aux anges.

— Joli nom, grommela le sergent, mais qui vous ferait sérieusement douter des béatitudes célestes s'il traduisait seulement un pouce de vérité... la cage aux anges... brrr ! »

Une main se posa sur son bras.

« Me voici, maître Simon... Vous avez vu comme c'est beau, vu d'ici ? demanda l'enfant avec un large geste qui englobait vide et horizon.

— Oui, oui », dit précipitamment Simon Fort-Étrille.

Le maître charpentier s'affala à son tour au pied de l'échelle.

« Quelque chose pour votre service, messire sergent ?

— Oui, je voudrais que vous me prêtiez le jeune Loisillon, pour la journée peut-être. »

Blaisois Fin-Trait fit une grimace amusée.

« Ma foi, si c'est pour faire collection de sottises de toutes sortes, vous serez content de votre voyage.

— Oh ! vous n'en ajoutez pas un peu ? »

Breton le Bon releva son visage aux traits accusés.

« Certes non ! il a de la malice à vous faire fâcher avec tous vos voisins.

— Ça, c'est la meilleure, ragea l'enfant en tapant du pied, c'est peut-être moi qui ai laissé mes braies sur le cadre de Pernette ? »

Complètement abusé par « l'innocence » d'Aubin, le sergent se frotta le menton en murmurant :

« Tiens, tiens... »

Blaisois Fin-Trait buvait du lait, rempli d'admiration pour l'aisance diabolique avec laquelle son apprenti savait désarçonner ses adversaires. Négligeant l'interruption de son collègue, il se tourna vers Simon Fort-Étrille en montrant Aubin du doigt.

« Sur mon salut, messire sergent, l'animal que voici se complaît présentement dans le temps des âneries à répétition, plus qu'il n'est décent, mais, conclut-il, pour peu que l'envie lui en prenne il est aussi bon compagnon que possible.

— Eh bien, souhaitons que je sois tombé sur un bon jour. Tu viens, garçon ?

— Avec plaisir, messire Simon... euh, maître Blaisois, pour monter la prochaine ferme vous trouverez bien quelqu'un à jeter par terre à ma place. »

Le maître charpentier éclata de rire et le menaça de son bonnet. Aubin s'enfuit en galopant comme un cheval pattu.

« Vous entendez, messire sergent ? voilà comment ce beau merle siffle à longueur de jour !

— Allez... je connais la chanson. »

Malgré sa répugnance pour le long chemin de bois, Simon Fort-Étrille rejoignit bientôt l'enfant qui l'attendait quelques pas plus loin.

« Je veux que tu me montres le parcours de l'homme au doigt coupé.

— C'est facile, suivez-moi. »

Ils gagnèrent le pied du monstrueux assemblage de la flèche. Aubin lui fit voir du doigt les traînées de craie sur le plancher.

« Voyez, messire Simon... et cela va jusqu'à l'escalier en face. »

Le sergent, cramponné à la rambarde, regardait le sommet de l'échafaudage.

« ... en haut de la seconde échelle as-tu dit ? »

Aubin se gratta la tête.

« Mais oui... seulement ne me dites pas que vous avez dans l'idée de monter là-haut ?

— Si, mon garçon, tu comprends, tout à l'heure je vais devoir jurer sur les Évangiles. Cela ne se fait pas en crachant dessus.

— Mais moi aussi je peux jurer et plutôt deux fois qu'une !

— La parole d'un jeune garçon ne suffit pas, tu le sais aussi bien que moi. »

Aubin resta pensif un instant.

« Bon, écoutez, il faudra laisser votre hache ici et puis je vais aller chercher une corde mince pour vous attacher à la ceinture, comme cela vous pourrez retrouver votre chemin pour descendre. »

Le sergent eut un sourire un peu contraint.

« La voie paraît simple d'un côté vers le haut, de l'autre, vers le bas.

— N'en croyez rien, maître Simon. C'est fouillis là-dedans. C'est si difficile d'y travailler et même de s'y déplacer que les travaux sont arrêtés depuis que Joachim Grande-Équerre a attrapé la peste. Maître Thibaut de Mesmes ne trouve personne pour le remplacer.

— Bon, fais comme tu l'entends, mais hâtons-nous. »

Blaisois Fin-Trait vint lui-même attacher la corde au gros ceinturon du sergent.

« Vous pouvez laisser votre hache, je vous promets que nul n'y touchera. Pour le reste, j'imagine que le secret qui vous anime n'est pas seulement à vous, alors je ne vous ai pas vu, ni personne sur le chantier.

— Merci.

— C'est bien le moins puisque messire Aubin, qui

ne peut rester une heure sans bavarder comme une nichée de pies, a su rester muet.

— Allons donc », dit Simon Fort-Étrille en poussant son guide.

Aubin, plus fluet des deux tiers, disparut comme une anguille et le sergent attaqua ses premiers échelons avec un regard implorant vers le ciel.

« Regardez bien devant vous, seulement vos mains », recommanda l'enfant.

Le sergent souffla un grand coup et éleva son corps puissant.

L'escalade lui parut assez simple, encore qu'il lui fallût souvent se tordre, se plier à « contre-bedaine » pour franchir le jeu serré des différentes pièces de la charpente.

En haut de la première volée, il y avait un étroit plancher de deux pieds carrés.

« Regardez seulement l'autre échelle », dit Aubin un peu angoissé.

L'ascension reprit. Le sergent était malade de vertige. Il se concentrait de toutes ses forces sur les échelons qui défilaient au rythme lourd de sa respiration. Il faillit hurler de terreur en suivant machinalement des yeux un pigeon qui plongea souplement vers la ville, cent quarante pieds plus bas[1]. La voix d'Aubin lui parvint, rassurante.

« Encore cinq échelons et nous y sommes. »

---

1. Seize étages.

Le sergent serra dents et poings. Son courage légendaire ne lui était d'aucun secours devant ce danger inhabituel qu'il augmentait lui-même à chaque mouvement.

Le second plancher était plus grand. Il s'y assit précautionneusement, la poitrine oppressée.

« Cela va passer, dit gentiment l'enfant, tenez un montant et regardez comme c'est grand ! »

Simon Fort-Étrille n'était pas une mazette. Il réprima l'impression de creux atroce qui semblait s'ouvrir dans ses entrailles et fit comme le gamin lui conseillait.

Le spectacle était si surprenant, si captivant, qu'il en oublia presque son vertige. La ville n'était plus qu'une immense étendue de toits. Dans les rares rues parallèles à son regard les passants étaient minuscules, des pucerons uniformément ronds et noirs. Une sourde rumeur ponctuée de bruits difficiles à reconnaître montait vers lui à la façon d'une monstrueuse respiration. De loin en loin une cloche sonnait, glas pour un trépassé, baptême pour un nouveau-né. Il remarqua que le fleuve semblait très étroit et que les toits de la cité cachaient les autres îles. Simon Fort-Étrille, qui n'était pourtant pas impressionnable, se surprit à prier sauvagement. Il se sentait tout d'un coup extrêmement près de Dieu.

Peu à peu son cœur retrouva son rythme normal et la réflexion lui revint.

« Pff ! quel voyage !... et tu as dormi là ?

— Oui, sous la bâche. »

Le sergent hocha la tête en homme dépassé.

« Ouais... essaie de me montrer où s'est allumé le signal dans la campagne. »

Assis près du policier, Aubin se fourra consciencieusement un doigt dans le nez.

« C'est par là... voyons il avait sa lanterne là... Ah ! regardez, du suif a coulé ! »

Cela ressemblait enfin à une enquête. Simon Fort-Étrille se réveilla tout à fait et oublia pour un temps les assauts du vertige. Sur le plancher une tache blanchâtre, coupée d'un angle net à l'intérieur, s'étalait, grande comme une main.

« Regarde, cela nous indique la position de sa lanterne et donc la direction de ceux qui attendaient son signal. »

Aubin se pencha, un œil fermé.

« Oui, c'est bien par là. Attendez, je vais grimper jusqu'où je m'étais caché. »

L'enfant disparut et revint peu après, l'air dépité.

« On ne voit rien de spécial. Des arbres, des cabanes, comme partout. »

Le sergent sourit.

« Tu ne voudrais pas qu'ils aient camp monté avec tentes, étendards et trompettes ? Allons, viens, descendons à présent. »

Aubin passa le premier, guidant à la main les talons de son compagnon d'échelon en échelon. Le passage indiqué par la corde le surprit beaucoup. Après bien des efforts il prit pied sur le grand chemin de bois avec un intense sentiment de soulagement.

« Ouf ! Je me demande bien comment Doigt-Coupé a fait pour circuler là-dedans en pleine nuit.

— C'est qu'il n'y voyait pas plus que dans une cave, il n'avait rien qui lui indique le vide. En plein jour, il serait certainement tombé.

— C'est bien possible... et toi ? il y a longtemps que tu sais faire le singe d'Égypte ?

— Deux ans maintenant. Au début on a peur, même en haut d'une échelle, mais on s'habitue vite.

— Bon, grogna le sergent, nous n'avons pas fini la journée. Il me faut rendre visite aux mendiants qui depuis cette nuit surveillent ces fameux "pèlerins" comme un avare son or. Et puis nous avons rendez-vous au "parloir aux bourgeois", chez le grand prévôt où les Capuchons sont certainement réunis.

— C'est là que vous prêterez serment ?

— Entre autres choses, oui ; allons, garçon. »

Simon Fort-Étrille reprit la hache au manche ouvragé, seul signe apparent de sa fonction, et se dirigea vers l'escalier où, au contact des pierres, il retrouva un pas plus ferme.

11

Un certain capitaine « Crève-Panse »

Le large feu de camp paraissait éteint. Les branches à demi calcinées qui entouraient le cercle de cendre neuve ne fumaient plus.

À cet endroit, la forêt était particulièrement épaisse et silencieuse, à croire que les oiseaux n'avaient jamais niché là.

Malgré le jour, la combe baignait dans une pénombre sans fraîcheur. Il y avait des corps partout ou plutôt des paquets sans forme de hardes immondes tombés au hasard de la halte, de la fatigue, de la beuverie.

Le fond se terminait en cul-de-sac. Entre quelques rochers coulait un sourcelet qui s'étalait aussitôt en mare boueuse. Des chevaux très sales y broutaient l'herbe grasse des bords à la limite de leurs entraves. Posés contre les troncs, accrochés aux branches ou simplement abandonnés par terre, des armes, des cruchons, des chiffons, des miettes de toutes sortes traînaient partout. Le camp des bandits ressemblait à un champ de bataille.

Un gland mûr tomba dans la cendre avec un bruit étouffé. Une fumerolle s'éleva aussitôt, suivie d'une courte flamme.

Un homme allongé près d'une ribaude se leva sur le coude en ricanant.

« Bien fait pour toi, graine de bois dur ! tu croyais que le feu du capitaine Zébédée Crève-Panse était mort ? Ah ! il est comme son maître, endormi, mais toujours une dent prête à mordre ! »

Des rires gras saluèrent cette boutade. Le voisin de Zébédée s'étira lentement en bâillant à faire peur. C'était un homme tout en muscles et tendons, si poilu de visage que l'on ne voyait que ses yeux cruels et le gouffre de son gosier lorsqu'il bâillait comme à présent.

« Aah ! cette journée maudite n'en finit pas.

— C'est vrai, dit un autre ruffian, le temps me dure aussi, capitaine. »

Zébédée s'assit tout à fait.

« Vous êtes difficiles à contenter ; hier au soir vous avez dîné comme quatre, bu comme six, cette nuit le plus beau butin vous attend... Par tous les diables, que vous faut-il de plus ? »

La femme aux cheveux emmêlés qu'il venait de quitter le prit par l'épaule et tenta de le faire se recoucher... Il la repoussa brutalement et reprit plus haut :

« À présent, si vous ne savez pas quoi faire de vos os, allez donc expédier les prisonniers puisque vous avez été assez sots pour ne pas les égorger en arrivant. »

Le barbu bâilla de nouveau.

« Les filles ont été dociles, et qu'avons-nous à craindre d'un vieux et de deux enfants ? »

Zébédée serra les poings avec indignation.

« Quand nous serons partis, ils se remettront, ils pourront un jour nous reconnaître... devant des juges et nous valoir la potence, tas de sots ! »

Un borgne long et maigre, vautré plus près du feu, se déplia et s'approcha d'un tonneau défoncé.

« Hum, il ne reste pas grand-chose à boire. »

Il tira un gobelet de fer des plis de son vêtement et le plongea jusqu'à racler le fond. Il se redressa, souriant, et but d'un trait.

« À ta santé, capitaine ! »

Il rota très fort, se moucha dans ses doigts et, appuyé contre le tonneau, il poursuivit sur le ton d'une conversation ordinaire :

« Tu sais, capitaine, dans une bagarre, cou de pucelle ou de sergent passent par la même lame. Mais, la danse finie, nul ne s'en ressent vraiment pour occire d'amusement des innocents ou un vieil idiot mort de peur. Même toi, Zébédée, tu n'as pas la moelle pour ça... et c'est la raison pour laquelle tu cries si fort. Si je me trompe, allez, fais-nous voir », ajouta-t-il avec un mouvement de menton vers les malheureux garrottés au bord de la mare.

C'étaient des serfs d'une des cinq ou six petites seigneuries laïques ou religieuses qui se partageaient les « montagnes » et les plateaux forestiers à l'est de Paris.

Le vieil homme et les deux enfants, ligotés depuis la veille, priaient avec une obstination proche de l'hébétude. Les filles avaient été rattachées au matin. À présent, le chagrin l'emportait chez elles sur la stupeur, la crainte. Elles pleuraient les cadavres du reste de la famille abandonnés à l'entour de la métairie de Chauve-Mont[1], juste au-dessus du campement des cottereaux qui devaient être une soixantaine.

Le grand borgne qui portait crânement le surnom de Fière-Chopine revint lentement vers son chef qui parlait à sa voisine.

Courageux et absolument impitoyable, le capitaine Zébédée, dit Crève-Panse, était une parfaite illustration des aventuriers de ce temps où les pieux et géniaux bâtisseurs de cathédrales considéraient une

1. Un peu plus tard, contracté en Chaumont. Domaine désigné au XVe siècle sous le nom de Buttes-Chaumont.

pendaison de brigands comme une récréation où l'on emmenait les enfants endimanchés.

Fière-Chopine s'accroupit à côté de son capitaine.

« Parle-nous plutôt du coup de ce soir. »

Ces mots firent l'effet de la brise dans un hallier. Un frisson général parcourut ces corps en paresse dont beaucoup se redressèrent pour s'asseoir.

Tous les regards convergèrent vers le chef, qui inspecta machinalement les hommes de sa troupe d'un œil critique.

Rien que des tueurs vigoureux et adroits, des hommes avides d'or et des jouissances qu'il procure. Groupe hideux et formidable au choc imparable mais dont l'agilité d'esprit n'était pas, à quelques exceptions, la vertu cardinale.

Il décida de recommencer par le début et toussa pour s'éclaircir la voix.

« Vous savez tous qu'à la Saint-Michel on règle les gages, les dettes, les impôts et les taxes en retard[1].

— C'est aussi le jour où les meuniers achètent les récoltes battues, dit le barbu aux yeux cruels.

— Exact, compagnon. Bref, c'est dire qu'à la Saint-Michel, tout l'or dissimulé le reste du temps sort tout seul de ses cachettes sans qu'il soit besoin de chauffer les pieds de ses propriétaires pour nous indiquer les celliers.

1. Usage toujours répandu dans beaucoup de provinces françaises.

— À la Saint-Michel, tout or a des ailes, cita un autre ruffian.

— Ouais, seulement vous savez aussi qu'habituellement tout ce beau trafic se fait à l'abri des remparts et qu'il sue très peu d'or au-dehors. »

Les mines s'allongèrent.

« Par Dieu ou Diable, voici une fière nouvelle, hélas ! trop connue.

— Attendez : de retour d'Orléans, dans la garde du comte de Flandre, Guillaume Pouce-Mort a fait une découverte intéressante et surtout a eu une idée formidable qui explique notre présence. »

Le capitaine s'arrêta et détacha ses mots.

« Les remparts de Paris ne sont pas terminés.

— Et alors ?

— Alors, Sac-à-vin, Guillaume et cinq compagnons sont entrés en ville déguisés en pèlerins. Ce soir, ils mettront le feu outre-Petit Pont et, pendant que les Parisiens s'acharneront à éteindre l'incendie, nous attaquerons par le trou des remparts ! Juste des portes à défoncer. L'or est sous les lits ou dans des coffres qui se perceraient avec une cuiller.

— Comment sais-tu que Pouce-Mort est dans la ville et en liberté ?

— Parce que pendant que vous vous soûliez avec ces ribaudes, nous sommes allés en haut du Chauve-Mont échanger des signaux de lanterne avec lui et que ce soir nous n'attaquerons que s'il nous indique pareillement que la voie est libre. Je ne crois pas avoir besoin de vous expliquer la suite, non ? »

Rugissements et grognements firent trembler les basses branches. Zébédée ne put retenir un mouvement de fierté.

« Avant que le guet ne s'aperçoive de quelque chose, nous aurons passé Saint-Denis...

— Et puis, s'écria Fière-Chopine, une fois en Artois... nous reprendrons costumes honnêtes. »

Des rires ignobles et inquiétants remplirent la combe.

« Et à présent, mangeons ! » décréta Zébédée Crève-Panse.

Les ribaudes s'empressèrent de distribuer pain, jambon et andouilles volés la veille en abondance et deux bandits poussèrent devant le feu un tonneau jusqu'ici gardé au frais sous la source. Durant un moment, les mâchoires allèrent bon train.

La bouche pleine, Fière-Chopine se pencha vers le capitaine.

« Pourquoi diable as-tu cité des noms ?

— Pourquoi, répondit le capitaine, as-tu parlé tout haut de la Flandre et de nos changements de costumes ? »

Zébédée ricana sauvagement et montra les prisonniers de la pointe de son couteau.

« Qui voudrait leur conserver la vie à présent ?

— Tu es le démon en personne », dit le grand borgne en vidant son gobelet d'un trait.

Peu à peu le silence revint, seulement troublé de grognements et de borborygmes.

La horde des cottereaux repus reposait à la façon de fauves avant de partir pour une nouvelle chasse.

12

Le sergent Fort-Étrille arrête un tire-laine

« Moi, dit Aubin en évitant un verrat de saint Antoine qui semblait d'humeur particulièrement chagrine, ce que j'aime dans la charpente c'est d'abord l'odeur du bois travaillé et puis les belles mortaises... Ah ! maître Simon, quand le tenon s'emboîte et que d'un coup, crac ! la cheville en fait une pièce que dix bœufs ne pourraient bouger, cela me fait chaud partout. »

Le robuste sergent demeura pensif durant quelques pas.

« Oui, c'est plus beau que de pister les tire-laine, ces

voleurs de rues, et veiller à “l’honnêteté” des marchands foranes[1]. »

L’enfant rit très fort comme à une plaisanterie osée.

« Oh ! oh ! maître Simon ! vous trouvez plus beau d’assembler des morceaux de bois qu’être le maître de tout un quartier ! Pourtant, tout le monde vient vous chercher en cas de danger. Vous êtes l’homme le plus connu de la Cité. Pour moi, je changerais bien de place avec vous ! »

Simon Fort-Étrille hocha la tête.

« Hum !... enfin, ce serait trop long à t’expliquer... marchons ! »

Plutôt que de reprendre la rue Neuve-Notre-Dame, le sergent et son jeune compagnon prirent tout droit en longeant l’immense Hôtel-Dieu qui comptait mille lits. C’était en principe le chemin le plus facile pour rejoindre le Grand Pont. Ils auraient pu aussi prendre un passeur « au denier » mais c’était accepter le risque d’un bain forcé dans une eau qui n’avait plus la température de juillet. Ils longèrent le port Saint-Landry, simple grève renforcée de tas d’ordures et de débris qui faisaient office de quais jusqu’à la prochaine crue. Là n’abordaient que les barques des maraîchers du Marais qui fournissaient le marché Palu, le plus ancien de la ville, que l’on disait créé par l’empereur Hadrien.

À cet endroit, les maisons serrées de la Cité

1. De l’argot roman, du latin *foranus* : étranger. Les marchands foranes ou forains, étrangers à la Cité, avaient mauvaise réputation. Ils s’assemblaient évidemment aux « foires ».

n'avaient en face d'elles que la rivière de Seine et puis le large port de Grève. Cette absence de vis-à-vis avait décidé depuis longtemps les batteurs de fer et de cuivre à s'y installer de même qu'une famille de bronziers dont l'actuel héritier, Nicolas Bons-Épis, était un grand mouleur de cuillers et de pots célèbres jusqu'au-delà de Rouen.

Pour fignoler leurs derniers poêlons en vue de la forte vente du lendemain, maîtres et commis s'en donnaient à cœur joie. Le bruit était si fort que toute parole y disparaissait comme un caillou jeté dans l'eau.

En passant devant les ateliers encombrés de belles formes brillantes, Aubin accéléra l'allure en se bouchant ostensiblement les oreilles. Un peu plus loin, juste avant l'entrée du Grand Pont, les façades se fendaient sur une ruelle aussi noire et malodorante que ses pareilles mais qui se parait du nom ronflant d'Allée Saint-Éleuthère. On y trouvait nombre de drapiers avant l'église du même nom, face au palais royal de la Cité[1].

Le bruit infernal des bassins était fort atténué. Soudain des cris s'élevèrent de la ruelle.

« Haro ! haro ! voleur ! »

Au même instant, un jeune homme jaillit, sauta par-dessus deux marchands éberlués, assis sur des caisses, et prit la rive au grand galop afin se perdre dans la foule du Grand Pont.

---

1. Aujourd'hui Palais de Justice.

Selon la coutume, chaque passant reprit le cri et ce ne fut plus qu'un immense « haro » qui couvrit l'animation de la berge. Simon Fort-Étrille s'arrêta pile sur ses larges pieds et, d'un geste d'une rapidité surprenante pour un homme de sa corpulence, il envoya sa hache tournoyer dans les jambes du fuyard.

Le voleur fit un saut de carpe et alla s'éclater le front contre une pierre du chemin. En quelques enjambées, le sergent fut sur lui. D'un geste sans réplique, il le remit sur pied, étourdi, bosselé, saignant à souhait. Des hommes arrivèrent essoufflés : les témoins, la victime et les badauds ravis de l'aubaine qui commençaient à former le cercle.

« Qu'a-t-il volé ? demanda le sergent.

— À moi rien, dit un ouvrier drapier en brandissant une paire de ciseaux emportée à tout hasard, mais à maître Counil, qui avait tiré sa bourse pour payer une couverture brodée.

— C'est vrai ! dit la victime d'un ton un peu geignard, quand j'ai posé ma bourse sur l'étal, hop ! »

Simon Fort-Étrille serra plus fort le pourpoint du voleur.

« Tu entends, traîne-guenilles ? dépêche-toi de rendre la bourse et ne m'oblige pas à te fouiller sinon c'est tout nu que tu iras à la rivière. »

Le jeune homme penaud essuya son front sanglant et tira la bourse de sa manche.

« Il en a encore une, dit le tailleur qui avait entendu sonner d'autres pièces.

— C'est à moi. »

Le sergent s'en empara et la leva dans la lumière.

« C'est à moi », reprit le voleur.

Simon Fort-Étrille eut un sourire un peu désabusé.

« Entendu, bel épervier ! une bourse brodée ! Enfin si c'est vrai tu viendras la rechercher chez le greffier du tribunal du Châtelet. À présent, écoute-moi, cette fois c'est le manche que tu as reçu, la prochaine, ce sera le fer... tu connais la suite ? »

Le voleur hocha la tête.

« Bon, alors jetez-moi ce crasseux en rivière... J'espère pour lui qu'il sait nager. »

Les gens se précipitèrent et, un instant plus tard, un grand plouf indiqua que justice était rendue.

Maître Counil, le volé, se tourna vers Simon Fort-Étrille.

« Tout de même, sergent, vous auriez pu lui demander son nom.

— Pour qu'il m'en donne un faux ? que je le traîne en prison pour une bourse déjà rendue ? Allez, bourgeois, vous êtes rentré dans votre bien et l'autre barbote dans l'eau froide... c'est assez pour cette affaire. »

Avec leur infaillible instinct, les badauds sentirent qu'il n'y avait plus rien à voir et s'écampillèrent à nouveau à la recherche de sensations nouvelles. Le bourgeois, un marchand de la porte Broudeer, tendit la main.

« Au revoir, sergent, tenez, et merci pour le service. »

Impassible, Simon Fort-Étrille prit la pièce et y jeta un coup d'œil avant de l'empocher. Il reprit sa hache.

« Pressons, garçon, on nous attend plus loin. »

Sans un regard derrière lui, il fendit le cercle amoindri des spectateurs et fut bientôt sur le tablier du Grand Pont. Aubin dut forcer l'allure pour le rejoindre.

« Vous l'avez joliment eu, maître Simon, mais dites, c'est exprès que vous ne l'avez touché qu'avec le manche ?

— Bien sûr.

— Par Dieu, il faut être rudement habile. Vous en savez des choses ! Mais le Counil, là, il n'avait peut-être pas tort de vouloir connaître le nom de son voleur. »

Le sergent eut un gros rire et tout en marchant ouvrit le poing.

« Nous y serions encore demain... Regarde, le drôle avait une médaille au cou, je la lui ai prise dans la bousculade. Le gros chapelain de Saint-Martial me dira dès ce soir d'où elle vient et quel est le prêtre qui les bénit ordinairement. C'est plus simple que de passer la journée à taper sur un truand pour lui faire avouer des sornettes. »

Aubin hocha la tête, rempli de respect pour le sergent. Sous ses pieds, il sentit le tac-tac des moulins amarrés aux arches du pont qui tournaient sans relâche au courant du fleuve. On ne les voyait pas tant les maisons étaient serrées de chaque côté de l'épaisse voie de bois. La foule dense s'arrêtait peu aux éventaires ; une veille de fête, la majorité des gens était fort occupée. Aubin n'eut aucune peine à se faufiler car le sergent ouvrait la route et tout le monde lui cédait le passage.

Il leur fallut peu de temps pour arriver sur la rive droite. Simon Fort-Étrille tourna à peine la tête.

« On nous attend sans doute au "parloir aux bourgeois" depuis un moment. »

Aubin pressa l'allure, bientôt saisi aux narines par l'incoercible odeur qui s'échappait de la grande halle de la boucherie et par celle, non moins pénible, qui venait de chez les mégissiers. Le quai de la Mégisserie était célèbre dans la France entière par la qualité des peaux de bœuf qui y étaient préparées.

Entre ces deux volcans de fétidité s'élevait une lourde façade de pierre couverte de chaume, un peu en retrait des autres bâtiments, ce qui lui réservait une petite place carrée où plusieurs chevaux de selle attendaient, la bride nouée à un anneau de fer.

« Il y a du monde ! s'exclama Aubin.

— Et nous allons arriver en retard, grommela le sergent, voilà qui embellit une réputation. »

À la porte décorée de deux petites colonnes quelques gardes paressaient et disaient des fadaises à deux ou trois chambrières qui riaient aux fenêtres voisines. Au passage, le sergent donna un coup de pied dans une lance abandonnée contre le mur. L'arme tomba avec fracas. Un garde se retourna, furieux.

« Quelle est la pâle andouille qui… oh ! pardon, sergent, je… enfin… »

Simon Fort-Étrille était le plus ancien sergent de guet à pied de la prévôté. Cela lui donnait le titre d'écuyer, distinction qui ne lui servait guère dans sa fonction mais lui conférait une indiscutable autorité dans sa confrérie. Il fronça ses redoutables sourcils.

« Messire Bridart, vous serez de service ce soir avec vos joyeux compagnons avant de vous rendre aux ordres du chevalier du guet. Vous viendrez tous me montrer en détail l'état de vos équipements. »

Laissant les gardes pétrifiés, il s'engouffra sous le linteau de pierre. Sur ses talons, Aubin se mordait très fort les lèvres pour ne pas hurler de rire.

13

La confrérie secrète des Capuchons

Le plafond du rez-de-chaussée, un ancien entrepôt, était très haut, plus de treize pieds. De la sorte, en comptant les poutres, les chevrons de la charpente et le comble en plâtre, cela situait les dalles du sol du premier étage à quatorze pieds[1] au-dessus de la cour. Pour y parvenir il fallait gravir un escalier très raide qui s'enroulait autour d'un tronc d'ormeau. Une corde oubliée par un marinier servait de main courante.

La salle du « parloir aux bourgeois » tenait toute la surface de la bâtisse. Quatre piliers de bois maintenaient le plafond qui, malgré sa hauteur, semblait bas tant la pièce était vaste.

1. Quatre mètres cinquante.

En face de l'entrée il y avait une estrade contre le mur du fond. Trois cathèdres[1] y étaient fixées. Près des fenêtres, des lutrins vides attendaient des clercs chargés de prendre éventuellement des notes. Le secret de la réunion expliquait l'absence des gens de plume.

Il y avait là des représentants de toutes les corporations et aussi des délégués de plusieurs congrégations religieuses situées en dehors des remparts – on dirait aujourd'hui en banlieue – qui étaient fortement préoccupées par les projets des bandes assassines. En tout une quarantaine d'hommes, debout, hiératiques et mystérieux sous le capuchon de leur robe de grosse bure brune qu'ils avaient pour la plupart enfilée par-dessus leurs vêtements ordinaires. Un discret bavardage général, presque une brise, circulait entre les piliers.

Au premier coup d'œil, Simon Fort-Étrille tressaillit et retint Aubin par la manche en lui soufflant :

« Diable, l'affaire est sérieuse. Tu vois le bonhomme assis à gauche du prévôt ? c'est Durand du Puy lui-même, le fondateur des Capuchons, on dit aussi les Pacifici.

— Et l'autre, qui est-ce ? »

Le sergent eut l'air moins impressionné.

« Clodoald de Poissy, le représentant du roi...

1. Sièges à dossier haut et étroit.

M'étonne que tu ne le connaisses pas, il traîne assez souvent dans Paris.

— Oh ! mais je l'ai vu à la Coquille Dorée, mais toujours incognito. »

Le prévôt remarqua tout de suite les arrivants. Il imposa silence d'une main raide et cependant courtoise, geste que l'on ne pouvait apprendre qu'à la cour. Sa voix grave sonna clairement.

« Messires, voici notre questeur et son témoin ; approchez, sergent. »

Maître Simon, tout raide, s'approcha de l'estrade et vit un gros évangile fermé sur le lutrin le plus proche. Il posa la main dessus et récita clairement la formule ordinaire de serment sur les Saintes Écritures.

Le prévôt grimaça un sourire.

« Ce qu'il y a de bien avec notre sergent c'est que, même lorsqu'il arrive en retard, il n'aime pas perdre son temps. »

Un murmure flatteur sanctionna la remarque du président de séance qui fit ensuite approcher Aubin.

« Tu as déjà communié, petit Loisillon, et par conséquent tu peux prêter serment. Approche, n'aie pas peur. »

Aubin savait qu'il devait éviter de froisser les puissants de tout niveau. En ce domaine il rusait à la perfection mais lorsqu'on lui parlait sur un ton ordinaire il répondait avec un naturel qui n'était pas exempt d'une certaine forme d'innocence. Il avança, les yeux pleins de ciel.

« On ne peut pas avoir peur quand on dit la vérité, sire prévôt. »

Sous son capuchon, Thomas Loisillon frémit. Mais le caquet de son fils s'arrêta là. Le prévôt sourit et fit signe au sergent d'aider l'enfant dans son serment. Aubin jura avec l'assurance d'un procureur.

Ensuite il dut raconter son aventure par le menu. La découverte de Doigt-Coupé dans la flèche, la lanterne, le retour à l'auberge. Il s'en tira à merveille, seulement interrompu par Durand du Puy que l'évocation de Doigt-Coupé avait sorti de sa léthargie.

« Je le connais ! Dis-moi, fils, est-ce qu'il a une grande cicatrice en travers du visage ?

— Il me semble, messire compagnon, mais je les sais sûrement cottereaux parce que j'ai pu voir leurs grands coutelas à manche noir. »

Le vieux maître charpentier fit claquer sa main sur les bras de la cathèdre.

« Sang Dieu ! je connais le gibelet[1] ! c'est Pouce-Mort, un sergent de la garde du comte de...

— Tss... Tss... », coupa l'envoyé du roi.

Le baron de Poissy s'était fait beaucoup d'illusions en imaginant faire taire un gaillard comme l'ancien maître charpentier Durand du Puy d'un simple claquement de langue. Le vieil homme sursauta comme un pantin.

« Oh ! paix, sire baron ! tout le monde sait ici que

1. Voué au gibet.

Ferrand, le comte de Flandre, a pour habitude de payer ses soldats en les laissant piller le voisin. Ce n'est la faute de personne, mais cacher au roi que cette fois les brigands vont se payer sur sa peau et celle de ses gens sera très mal vu, je vous en réponds ! »

Très ennuyé, le baron de Poissy se laissa aller à parler politique un instant.

« Le roi a d'autres vaches à traire, pour ce temps il est surtout employé contre l'Anglais et n'entend pas les dérangements d'idées. »

Cette fois, le vieux trépigna.

« Voilà bientôt trente années que quittant mon métier j'ai pris les armes contre les brigands, après qu'ils m'eurent tué femme et enfants. Le comte d'Auvergne et le roi m'ont alors commissionné pour assembler dans tout le royaume des hommes valides et de saine raison pour aider au guet et aux garnisons en prévenant secrètement les projets des cottereaux, routiers, écorcheurs et autres brabançons ! Je peux entrer en tout temps chez le roi sans autre permission que la sienne ! »

Abasourdi, le baron fit signe que tout était pour le mieux. Le vieux justicier continua sur sa lancée, citant des chiffres, rappelant des noms, des massacres, des tortures, des combats, évocations qui donnaient des frissons à l'assistance. Aubin, d'abord pris de court comme tout le monde, avait vite goûté le plaisant de la situation. Il souffrait mille morts de ne pouvoir pouffer à son aise et se consolait en observant le visage crispé du prévôt sans pouvoir deviner s'il allait éclater de rire ou de fureur.

L'ancien charpentier du Puy s'étouffa un peu après une période particulièrement violente. Le prévôt se hâta.

« Merci, maître Durand, à présent il nous faut écouter le sergent.

— Oui, oui », s'empressa de dire le baron soutenu par quelques Capuchons plus vifs ou plus réveillés que leurs compères.

Simon Fort-Étrille prit la place d'Aubin qui alla cacher son fou rire parmi les lourdes robes brunes.

De sa voix calme, un peu bougonne, le sergent raconta minutieusement son équipée dans la flèche, les traces de la lanterne, les mendiants à l'affût des bandits ; puis il conclut, un peu trop tranquillement pour que ce soit tout à fait naturel :

« Pour moi, messires, la chose est claire. Je gage que les bandits vêtus en pèlerins qui séjournent à la Coquille Dorée vont commettre une énormité la nuit prochaine pour nous attirer loin du rempart en construction par où le reste de la bande entrera à son aise et ravagera un grand morceau du quartier d'outre-Grand Pont. »

Une brusque animation secoua du coup tous les graves bourgeois. Chacun donna son avis à grand renfort de mouvements de manches et d'invocations véhémentes des Saints Patrons. Aubin, appuyé contre une des fenêtres ouvrant sur le quai, trouva qu'une réunion secrète des Capuchons ressemblait énormément aux journées corporatives à l'auberge, quand il s'y donnait de grands dîners pour élire un syndic.

L'enfant remarqua aussi que le sergent s'était assis sur une marche de l'estrade et bavardait avec le prévôt et le maître des Capuchons.

Peu à peu, une opinion paraissait se dégager du tohu-bohu. Après encore quelques parlotes et exclamations, Bringuet de Vauvert qui représentait les marchands du quartier d'outre-Petit Pont et était apprécié pour la qualité de ses discours, s'approcha de l'estrade en sollicitant l'attention. Sa bedaine avantageait les plis et l'ampleur de sa robe. Il toussa pour se raffermir la voix et fit un salut de courtisan fort ridicule.

« Messires, vénérés maîtres, nous pensons qu'il faut arrêter les brigands de la Coquille Dorée, sitôt que possible, et puis monter garde bien bruyante à la nuit venue sur le chantier du rempart. Les autres, sentant leurs plans découverts, fileront sans demander le reste de leur monnaie. »

Il prit du temps pour reprendre haleine et refit un salut, encombré par sa rondeur.

« Voilà, pour l'ensemble de nous, la voix de la sagesse. »

Le prévôt leva un sourcil étonné mais n'eut pas le temps de placer un mot.

Le maître des Capuchons explosa à la façon des vieilles bûches humides dans un feu trop vif.

« Ah ! la belle sagesse ! les autres partiront ! Pille qui veut sauf nous, hein ? Ah ! vous êtes beaux, mes maîtres ! et j'aimerais savoir l'opinion de vos confesseurs. En somme vous n'êtes pas plus honnêtes que le comte Ferrand ! »

Bringuet de Vauvert, seul au milieu de la pièce, aurait donné sa part de Ciel pour que le sol s'ouvre sous lui. Il bafouilla.

« Bon... que... que voulez-vous alors ?... »

Le regard du vieux charpentier devint insoutenable de dureté, de brillance.

« Nous allons arrêter et questionner les faux pèlerins, c'est chose entendue, mais en secret et ensuite nous ferons tous les signaux nécessaires pour faire venir le reste de la bande à la curée... alors nous les détruirons de notre mieux. »

Un grand silence suivit. Thomas Loisillon, poussé par son voisin Arbessier, se détacha du sombre groupe et déclara, un peu gêné :

« Ce que vient de dire maître Durand est dur, mais plein de sens. Cela coûtera peut-être la vie à quelques-uns d'entre nous, mais négliger de détruire une bande capable de s'attaquer à Paris c'est condamner nombre de villages et de bourgs à la désolation, à la torture, à l'assassinat.

— Ce sont des morts qui nous seraient comptés à la porte du Paradis, dit une voix anonyme.

— Oui, mais comment prendre l'avantage sur des marchands professionnels de mort subite ? »

Le baron de Poissy, que les conséquences d'une bagarre dans Paris inquiétaient, approuva discrètement l'interruption.

Durand du Puy sauta d'un coup sur pied, tremblant d'indignation, la voix vibrante.

« Compagnons du Capuchon, Pacifici ! souvenez-vous de votre serment ! »

Le prévôt approuva avec gravité.

« Je ne saurais continuer de présider une assemblée de parjures.

— Mais enfin, argua le gros Bringuet, nous avons rempli notre devoir en découvrant les projets des routiers. C'est au guet d'agir, au guet et aux soldats du roi. »

Le prévôt se gratta pensivement une fesse sans aucun égard pour son interlocuteur.

« Le guet, c'est vous, beau sire, vous et vos collègues. Pour moi je n'ai que quinze sergents et guère plus de trente hommes pour la ville entière. Demandez au baron qu'il vous offre des soldats. »

Clodoald de Poissy arbora un air piteux.

« Eh bien... mis à part la garde du palais qui ne peut quitter le roi, toutes les compagnies sont en Vermandois. En cas de bataille je peux prêter cinq, peut-être six hommes au prévôt et contre décharge écrite, bien entendu. »

Le sergent se leva en prenant appui sur ses genoux.

« Permettez, et si l'on demandait au plus jeune de la société qui, si je ne m'abuse, a fait à lui tout seul le travail de tous les Capuchons réunis ? C'est aussi un charpentier, ajouta-t-il en se tournant poliment vers le vieil homme pétulant... enfin un apprenti.

— M'étonne pas ! faites approcher ce garçon. »

Aubin comprit qu'il s'agissait de lui et se glissa entre les colonnes serrées des robes brunes.

« Tu as entendu ce qui s'est dit ?

— Oui, maître.

— Donne-nous ton opinion... elle peut nous servir.

— Pour moi, je ferais en sorte de les enfermer dans une rue bien étroite pour tous les prendre. Ceux de l'auberge ont trop horrible figure. »

Durand du Puy se frotta les mains, sardonique.

« Conclusion, mes maîtres, vous n'avez plus qu'à aller emmancher vos épées et récurer vos cuirasses... enfin, ceux qui en possèdent une... À présent, séparons-nous. Rendez-vous ce soir après les vêpres et gardez bien le secret sur nos décisions. Demeurez, maître Loisillon, ainsi que votre estimé gamin. C'est vous qui êtes les premiers concernés. »

Tout le monde sortit en silence, retrouvant progressivement la dignité compassée des porteurs de robes occasionnels. Têtes baissées sous les épaisses capuches, assemblés par quartiers, les conspirateurs de la sécurité s'éloignèrent lentement, bientôt confondus par les passants affairés avec des capucins, ces nouveaux disciples de saint François, récemment arrivés en ville où ils montraient partout leurs silhouettes indécises.

Quand la salle fut vide, le prévôt se leva et fit signe de le suivre dans une petite pièce voisine dont la fenêtre donnait sur les étals des mégissiers. Un brûle-parfum allumé rendait l'atmosphère particulièrement agréable au regard des ouvriers qui grattaient de vastes peaux grasses blanchies à l'eau bouillante.

Le prévôt s'appuya contre la cheminée et huma avec une certaine nostalgie.

« Ah ! si seulement cela pouvait sentir aussi bon dans les rues... Bon, messires, il nous faut agir au plus vite. Nos braves Capuchons tiendront le secret jusqu'à la mi-di et encore ; dès que les épouses vont voir sortir les armes, le bruit d'une opération en cours ne va pas courir, il va voler, et nos oiseaux en prendront vent. Moi, je peux vous donner cinq hommes.

— Et moi autant », dit le sergent.

Aubin leva le doigt, très excité.

« Notre chien Néron peut en cramponner un et je vous promets qu'il ne bougera ni pieds ni pattes, et si l'on a besoin d'un fort poignet je peux courir chercher Bertrand Beau-Compas, il peut lever un homme au bout de chaque bras.

— Bon allié que nous avons ici, grommela le vieux Durand en tapotant l'épaule de l'enfant.

— Que tout le monde se donne rendez-vous discrètement à l'auberge », dit le sergent.

Aubin retint doucement le vieux charpentier par la manche.

« Maître... je suis de la partie aussi, n'est-ce pas ?

— Hum, futé comme tu l'es, ce serait dommage que tu restes en chemin.

— Pars devant, dit Thomas, tu préviendras Gilles de notre arrivée. »

Aubin ne fit qu'un saut jusqu'à la porte.

« Je vais attacher Néron pour l'avoir sous la main quand il nous fera besoin ! »

14

Sous la protection de saint Michel

Dans toutes les rues, des bourgeoises battaient et fixaient des tapisseries aux façades, tendaient des guirlandes d'une fenêtre à l'autre. Aubin avait pris sa course à la façon des agneaux, bondissant de-ci, de-là, pour éviter une commère, un bourgeois ou le montant d'une charrette. Sur le Grand Pont, on commençait à voir les robes et les hauts chapeaux jaunes des changeurs qui louaient quelques rez-de-chaussée pour installer leurs petites balances. Paris faisait sa toilette. Les pavés neufs de la rue Saint-Jacques étaient balayés pour recevoir les traditionnelles jonchées de foin frais. Deux guirlandes de lierre rehaussées de fleurs en chiffon étaient tendues entre l'auberge et la maison d'Agnès.

À présent, c'était un grand bas-relief en bois de saint Michel qui montait aux ordres de Gilles commandant aux servantes agrippées à une corde. Une grande baguette à la main, Gilles avait la pompeuse autorité d'un homme qui se sait momentanément seul maître après Dieu.

Campé au milieu de la rue il veillait attentivement à faire hisser l'image assez haut pour qu'un cavalier, même très grand, n'aille pas y donner du plumet, ce qui aurait nui à l'effet qu'il escomptait de l'invention. Quand il jugea l'altitude suffisante, il hurla :

« Attachez !

— Ce n'est pas dommage », gronda Pernette en nouant la corde autour d'un piquet en travers de la fenêtre.

Cécilia secoua ses mains rougies par l'effort.

« J'ai bien failli choir dix fois pour sa maudite image ! Quel sot ! »

Dans la rue, Gilles, très fier, se redressa et quêta d'un œil avide l'approbation des nombreux curieux. L'image, taillée en cachette par un des menuisiers du Grand Chantier, était joliment peinte des deux côtés. Gilles rentra dans l'auberge en se frottant les mains.

Son père était allé à une de ses ridicules réunions. Le grand-père Ogier, qui se couchait tôt, était parti depuis matines au marché Palu pour quelques sombres tractations avec des maraîchers et l'infernal Aubin était pour la journée au Grand Chantier.

Gilles poussa un gros soupir. Il était heureux. Derrière son comptoir, Marie, la tête ailleurs, rangeait machinalement fiches et planchettes trouées qui servaient à compter les pots servis à chaque table. Son frère s'approcha.

« Mon image est superbe ! elle fait très grande impression. Quand le syndic la verra en allant à la grand-messe tu peux être sûre qu'il se souviendra de moi !

— Ou bien il crèvera de jalousie et t'en voudra toute sa vie. »

Gilles eut un geste d'humeur.

« Ah ! vivement que tu te maries, toi ! par moments, tu as encore plus sale esprit qu'Aubin ! »

Marie releva enfin son visage sérieux.

« Et même si je me marie tout à l'heure, il reste grand-père et papa... mon pauvre Gilles, avant que tu sois le maître ici, bien de l'eau passera sous le Grand Pont ! »

Gilles gagna l'arrière-cuisine en haussant les épaules. Cette pécore n'allait tout de même pas lui gâcher une journée qui commençait si bien !

Il se tailla une tartine de pain frais et attaqua une terrine au parfum succulent.

Aubin n'avait pas cessé de courir depuis le « parloir aux bourgeois ». Il entra en coup de vent sous la voûte de la boulangerie. Agnès était seule. Elle se dressa, les yeux subitement pleins de lumière.

« Tu m'as fait peur. »

Aubin demeura interdit, le regard perdu dans celui de la jeune fille. Cela lui fit l'effet de se pencher sur une fontaine fraîche un jour de grande chaleur. Il reprit haleine avec l'impression de ne plus rien peser du tout.

« Tu sais, il va se passer des choses terribles tout à l'heure. Il y a six écorcheurs à la maison et nous allons les arrêter, mais motus, hein ? surtout à ta mère, parce que ton père est déjà au courant. »

Agnès haussa les épaules.

« Comme si j'avais l'habitude... Mais qui va les arrêter ? »

Elle fut interrompue par la forte voix de dame Arbessier qui houspillait ses commis. Aubin sortit quelques « noirs[1] ».

« Donne-moi deux "cuignets[2]".

— De ce matin ?

— Non, de demain, ils seront plus frais. »

Elle le servit en riant discrètement. Dame Arbessier entra, les bajoues tremblantes d'indignation.

« J'ai trouvé Barbotin et Colas aux fenêtres du premier en train de regarder l'image de saint Michel avec pour tout outil des tartines larges comme des plats ! »

Elle aperçut Aubin et son visage devint aussitôt méfiant.

---

1. Deniers d'argent.
2. Brioches en forme de coin.

« Tu es là, toi ? le chantier Notre-Dame est donc terminé ?

— Je ne pense pas, dame Arbessier, encore que, comme dit le prévôt, j'aie d'autres vaches à traire depuis ce matin.

— Qu'est-ce que messire le prévôt a à voir là-dedans, mauvaise tête ? et puis je trouve que tu viens bien souvent à l'étal ces temps-ci. »

Aubin mordit dans une brioche et répondit la bouche pleine :

« À bien y voir, quand je jouais avec Agnès les jours de pluie, j'étais là plus souvent. Depuis que vous l'enfermez, vous comptez mes visites.

— Je ne l'enferme pas, je l'empêche d'aller galvauder avec les malappris du quartier ! »

Aubin prit un air songeur.

« À vous dire vrai la différence n'apparaît pas tout de suite.

— Quel caquet, mon Dieu ! Allez, tu as tes brioches, laisse Agnès travailler... Je ne te dis pas au revoir car je suis sûre de te voir revenir comme guêpe sur un pot de miel... Mais, Agnès, où vas-tu ?

— Je vais regarder l'image de saint Michel. »

Les deux jeunes gens sortirent le nez en l'air.

« Tu ne devrais pas asticoter ma mère comme tu le fais.

— Penses-tu ! elle adore ça... Dis donc, il s'est fendu la bourse, mon frère ! Je suis sûr que papa n'est pas au courant.

— À ce soir ?

— Peut-être tout à l'heure, on nous enverra sans doute dormir pour prendre des forces.

— Fais attention.

— Sois tranquille, je me sens un peu léger avec des animaux comme ceux-là. »

La voix de dame Arbessier résonna sous la voûte.

« Agnès !

— La barbe », dit tout bas la jeune fille avec un sourire ensorceleur.

Elle haussa le ton.

« J'arrive, maman ! »

Aubin traversa en s'écartant ostensiblement de la grande image en bois. Quentin, le fils aîné du sergent, l'avait précédé de quelques instants.

« Bon jour, les amoureux », brailla le garçon.

Quentin s'écarta vivement.

« À quand le beau mariage ?

— Qu'est-ce que cela peut te faire ?

— Eh, c'est que j'ai joliment envie de participer à la fête, moi ! pour le reste je n'ai nul désir de voir Marie nous quitter... Dis, Quentin, tu nous la ramèneras de temps en temps ? »

Le fils du sergent du guet, qui savait lire et écrire si bien qu'on l'avait engagé comme clerc laïc au nouveau quartier des écoles, lui ébouriffa les cheveux.

« Tu auras même une assiette pleine chaque fois qu'il te prendra envie de nous visiter. »

Aubin grimaça gentiment et passa dans l'office

ouvert sur la salle par une large demi-voûte. Gilles avait terminé sa tartine et dégustait un gobelet de vin blanc.

« Du vin de la Goutte d'Or ! Si père savait que tu pioches dans son tonneau !

— De quoi je m'occupe ? Dis, tu as vu mon image de saint Michel ? belle, hein ?

— Mouais... si le vent du nord se lève on pourra compter les assommés jusqu'au-delà du Petit Pont.

— C'est agréable, je vous jure !

— Tu demanderas à Blaisois Fin-Trait, il te dira lui-même que tu aurais dû la faire amarrer en bas comme en haut. Enfin, c'est ton affaire, moi je suis venu t'avertir de cacher les hommes qui vont arriver... »

À mots choisis, Aubin expliqua de son mieux les événements à son frère, qui mit un moment à se persuader qu'il ne s'agissait pas d'une farce. À la fin, Gilles n'était pas loin de considérer la présence des cottereaux comme une injure personnelle. Il grimpa rapidement dans sa chambre et revint avec son arbalète.

« Tu sais comme je suis adroit dans les concours !

— Oui, mais là, avant de faire un exploit, il faut que tu attendes papa et surtout le sergent. »

Gilles se campa devant l'étal, supérieur et hargneux.

« Que sire Aubin se rassure, je ne suis pas insensé au point d'aller attaquer tout seul une demi-douzaine d'assassins, mais quand les autres seront là... ils verront de quoi je suis capable... »

Aubin quitta son tabouret et s'en fut dans l'arrière-cuisine

« Que vas-tu faire là-dedans ?

— J'attache Néron... heu, qu'il ne donne pas l'alerte. »

L'enfant entendit son frère grommeler et sortir, sans doute pour aller à la porte accueillir les arrivants.

Le molosse se laissa faire comme un mouton. Aubin lui leva les babines et toucha les crocs, gros et blancs comme des gousses d'ail. Il sortit le couteau dont il était si fier et le trouva soudain enfantin et un peu ridicule.

« Mon gros Néron, tu es mieux armé que moi. »

Il haussa encore les épaules et se glissa dans la resserre. D'un doigt prudent il agrandit un trou du torchis et s'embusqua pour surveiller le dortoir aux pèlerins. Néron, qui sur ce chapitre en savait plus que lui, se coucha en rond et poussa un énorme soupir. Aubin comprit tout de suite : les cottereaux s'étaient envolés !

15

Drôles de pèlerins !

Les fenêtres à petits carreaux gainés de plomb apportaient peu de lumière dans la grande salle aux bois soigneusement cirés.

Le sergent était assis en compagnie de Thomas qui avait retrouvé ses habits ordinaires et de deux gaillards aux épaules de débardeurs, déguisés à la hâte pour figurer des bourgeois.

Maître Arbessier, accoudé près de la cheminée, bavardait à voix basse avec trois inconnus. Aubin ressentait sans doute plus fort que d'autres l'angoisse générale. Un gros pichet en main, il circulait entre les tables et ne servait personne. Après une brève altercation avec son père, Gilles était monté dans les étages en compagnie de trois gros bras du port.

Personne n'avait le sourire, tant s'en fallait ! Pernette et Cécilia, que nul n'avait mises dans la confidence, échangèrent des regards peureux en balayant le fond du grand âtre à rôtir.

L'absence des faux pèlerins obligeait le sergent et ses amis à improviser lors de leur retour et chacun craignait le pire. Soudain, la porte s'ouvrit sur un grand éclat de lumière. Un mendiant particulièrement loqueteux cligna des yeux pour s'accoutumer à l'ambiance de la salle. Dès qu'il eut reconnu le sergent, il marcha directement à lui avec un discret et mystérieux mouvement du pouce. Sans ralentir, il gagna l'arrière-cuisine dont on entendait claquer la porte qui donnait sur la cour. Aubin s'apprêtait à faire une remarque acide sur la hâte du malheureux à quitter l'auberge sans même en profiter pour boire un verre de vin, quand, par le battant encore ouvert, entrèrent les puissantes silhouettes des « pèlerins », apparemment très à l'aise.

« Le bon jour à la compagnie », nasilla celui dont la figure était la plus avenante.

Les autres, à l'abri des larges bords de leurs chapeaux à coquille, marmonnaient de vagues prières en égrenant d'énormes chapelets.

Les bandits ne marquèrent aucune surprise devant le grand nombre de « clients » rassemblés à cette heure de la journée et l'orateur de leur troupe continua :

« Nous revenons de prier sur les reliques de sainte Geneviève. Sitôt commencées nos oraisons, nous avons ressenti un grand soulagement de fatigue et de nos petits maux... Ah ! sire aubergiste, la grande sainte que vous avez là ! quel bonheur de posséder ses reliques pour une aussi belle ville ! »

Thomas Loisillon, directement mis en cause, fit de piteux efforts pour sembler naturel. Il toussa, fit tomber son gobelet et dit :

« *Amen.*

— *Deo gratias* », grommelèrent en chœur les voix caverneuses des bandits en prenant le même chemin que le mendiant.

Aubin passa innocemment devant eux pour se trouver près de Néron au cas où...

Le nasillard se tourna encore vers Thomas :

« Nous retournons à notre dortoir pour y réciter un rosaire complet avant la mi-di, le dîner sera comme d'habitude, sire aubergiste : harengs, pain et eau. Il ne faut pas relâcher la pénitence. »

Tout le monde se signa pour saluer une aussi merveilleuse dévotion. Le sergent poussa un soupir de soulagement, son plan fonctionnait de nouveau et les dix hommes embusqués dans les ruelles avoisinantes allaient pouvoir entrer en jeu. Une fois revenus dans le dortoir aux pèlerins, les bandits seraient vite écrasés sous le nombre.

C'est alors que, à la consternation générale, Gilles

bondit en bas de l'escalier, l'arbalète braquée devant lui.

« Personne ne bouge ! » cria-t-il, le visage déformé par une fureur extraordinaire.

Les bandits sursautèrent aussi fort que ceux qui les attendaient et firent mouvement pour sortir. La flèche partit et disparut sous le manteau d'un des ruffians. Le nasillard eut la force de ne pas ciller et de ne pas geindre tout en glissant vivement la main sous sa cape.

« Une attaque ! Seigneur Jésus ! au secours ! »

Un des hommes du sergent referma la porte et mit la barre. En même temps, Pouce-Mort, le plus proche de l'arrière-cuisine, saisit une planche épaisse de trois doigts qui servait à trancher le pain et d'un seul mouvement l'envoya à la tête de Gilles : il s'effondra sous le choc de quinze livres de bois. Les gaillards venus de l'étage enjambèrent le malheureux garçon et foncèrent dans le tas. Simon Fort-Étrille avait déjà assommé un bandit du talon de sa hache. La mêlée devint furieuse. Pouce-Mort essaya d'user de son avantage et fonça vers la porte du fond. Au moment où il posait la main sur la clenche, l'énorme mâchoire de Néron se referma sur son poignet. De la main gauche il tenta de prendre son grand poignard, Aubin vit son chien perdu ; sans plus réfléchir, il fonça, son gros pichet haut levé, et dans un coup où la peur l'emportait presque sur l'énergie il le fit éclater sur le crâne du cottereau. Instantanément, Pouce-Mort parut se désintéresser des mesquineries quotidiennes et Aubin, réellement inspiré, s'empara de son poignard et recula hors de portée. Néron broyait toujours le poignet de Pouce-Mort.

Dans la salle, les quatre bandits encore en état se défendaient comme des enragés, mais ils ne purent éviter la grêle de tabourets, de bancs et de pichets que Thomas et son compère Arbessier leur firent tomber dessus de derrière le comptoir. Les coups se firent plus sourds, plus lourds, plus rares et le silence étonné de la victoire succéda au dernier ahanement.

« Des cordes, vite », haleta le sergent.

Les hommes se précipitèrent.

Soudain, de l'arrière-cuisine, parvinrent des bruits de lutte, des grognements. Simon Fort-Étrille se frappa le front.

« Sang de Dieu ! le gamin ! »

Fou d'inquiétude, Thomas se dépêtra du fouillis de bancs et de jambes mêlés et arriva en même temps que le sergent dans la petite pièce.

Le ruffian était debout, aveuglé par le sang qui coulait d'une grande plaie à la tête. Son bras droit pendait, probablement brisé. Devant lui Néron s'apprêtait à bondir et Aubin, tenant le poignard, s'écria d'une voix assez peu assurée :

« Ne bouge plus, Pouce-Mort, sinon ce coup-ci Néron t'étrangle et moi je te plante ton couteau dans le corps !

— Comment sais-tu mon nom ? demanda le truand

stupéfait, tandis que Thomas et le sergent riaient de soulagement.

— Maître Durand du Puy nous a tout raconté sur toi. »

Simon Fort-Étrille lui mit une main au collet, la hache levée dans l'autre.

« Tu es pris, cottereau, choisis ton sort. »

Pouce-Mort était encore trop abruti par son coup de pichet pour trouver la ressource de se défendre. Il se laissa garrotter comme ses complices. Aubin trembla rétrospectivement en voyant qu'à côté du bandit le sergent paraissait presque fluet.

« Tu peux encore courir, Aubin ?

— Mais oui, maître Simon, et même je n'aurai qu'à penser à ces figures de carême pour avoir envie de voler.

— Bien, alors vole donc chez maître Graebel et fais-le venir avec commis et instruments pour nos blessés... Dis-lui qu'il y a belle journée à faire, au compte de ces chiens-là », ajouta-t-il en montrant sur une table les bourses que les gardes avaient prises sur les ruffians.

L'enfant bondit et disparut par la porte du fond.

« Comptons un peu nos coups et blessures, dit Thomas Loisillon.

— Maugarny, dit encore le sergent, allez prévenir les autres dehors et puis trouvez une charrette bâchée pour emmener discrètement ces beaux messieurs au Grand Châtelet. J'y connais des juges qui seront ravis de leur visite. Euh... pour la charrette, voyez les pères de l'Hôtel-Dieu, ce sont eux qui sont le mieux fournis de ces instruments. »

L'homme sortit après un bref signe de tête.

Simon Fort-Étrille revint vers les blessés que l'on rangeait par terre sur un endroit vivement débarrassé.

Cécilia, qui s'était imprudemment approchée des combattants pour s'enfuir, avait reçu un couteau dans la cuisse ; un des hommes du sergent, la poitrine percée, semblait mal en point ; Gilles, le nez pincé, très pâle, aurait pu passer pour endormi, n'était le sang qui lui coulait doucement des oreilles.

Le truand touché par la flèche avait encore juste assez de forces pour confesser ses péchés. On comptait pour rien les coupures, bleus et bosses dont presque tout le monde était truffé.

« il faut quand même un confesseur pour ce galeux qui va passer, dit le boulanger.

— N'ayez crainte, maître Arbessier, Maugarny qui est homme de ressource y aura certainement pensé tout seul. »

Avec le fatalisme d'un fauve vaincu, Pouce-Mort vint tranquillement s'asseoir à côté des blessés en tenant comme il pouvait son bras abîmé. Il était effrayant à voir mais son calme avait quelque chose d'attirant, de fascinant. Il grimaça un sourire vers le sergent.

« En Artois, compagnon, nous serions collègues.

— Que non ! s'indigna Simon Fort-Étrille. Je ne

"serre[1]" pas les pauvres gens pour leur arracher quelques liards ! »

Pouce-Mort haussa douloureusement les épaules.

« Eh ! que ferais-tu, gros bec, si ton roi ne te payait pas hors des aumônes que te font parfois les bourgeois pour bon service ? »

Simon Fort-Étrille baissa la tête et retourna vers ses hommes.

1. Serrer : torturer.

16

Maître Graebel a bien de la besogne !

Tout en courant parmi les citadins affairés, Aubin repensa au colosse dont il avait fendu la tête. Lui qui n'avait jamais vu tant de sang s'inquiéta en secret de s'y habituer avec si peu de répugnance. Il frôla une redoutable marchande de légumes dont la carriole grinçait aussi fort qu'un âne peut braire, en se promettant d'en parler au chapelain de Saint-Martial qui était bon homme et de judicieux conseil, hors ses manies de vieux garçon et sa maladresse poverbiale.

Par-dessus la ville, les innombrables clochers des paroisses se répondaient au glas des trépassés de la nuit. Cependant, depuis quelques années, plus personne ne s'arrêtait pour entrer en oraison comme le réclamaient les prêtres à l'esprit rigoureux, pour qui il importait peu que la vie de la cité s'arrêtât pourvu que soient respectées les règles de la religion.

L'enfant arriva au triple galop à la maison du médecin et usa si fort du heurtoir de fer que des écailles de rouille tombaient encore quand la grosse servante ouvrit, indignée d'un tel vacarme. Il ne lui laissa pas le temps de grogner et lui passa carrément sous le bras en criant :

« Maître Graebel ! »

Le médecin s'apprêtait à passer à table. Il secoua ses mains mouillées.

« Eh là ! petit Loisillon, viens-tu me payer la jambe du sculpteur pour montrer tant d'élan ?

— On peut sans doute le penser, maître, car à l'auberge on compte quatre bons blessés dont Gilles, mon aîné, et plus de dix assommés et bosselés qui souhaitent au plus vite couture, onguents et huiles siccatives. »

Graebel sourit en achevant d'essuyer ses doigts sur sa blouse.

« Avec un pareil bagou je ferais l'arracheur de dents ou le montreur de monstres, plutôt que le charpentier ! Mais, dis-moi, avez-vous fait la guerre à l'auberge ou bien c'était pour jouer ? »

Aubin fit claquer ses doigts.

« Si ce n'est pas la guerre cela y ressemble fort... nous avons arrêté six cottereaux.

— Diable ! voilà qui est nouveau ! Tu me raconteras cela en chemin. Dame Guillemette, partez sur l'heure chez Choinard le barbier, qu'il me rejoigne à l'auberge avec son meilleur commis. »

L'homme de science prit le bras du jeune garçon et sortit en oubliant complètement son dîner.

« Tu sais, fils, tu ne me dois rien pour la jambe de ton avare – au fait, combien t'a-t-il carotté ?

— Je ne sais pas au juste, maître, il m'a fait poser hors travail pendant trois mois. Une fois pour figurer saint Jean-Baptiste, une fois pour être l'ange à côté du grand portail, et pour finir j'ai fait saint Étienne plus de dix soirs de suite, penché en arrière comme si j'avais reçu une pierre. Quand je lui ai demandé mon dû, il m'a fait retourner et m'a donné du pied au derrière en disant que c'était assez d'être immortalisé et honoré des prières des croyants pour les siècles à venir. »

Le médecin fit un sourire songeur.

« À quoi tiennent les choses... »

Puis il redevint narquois, ton qui convenait tout à fait au garnement.

« D'un sens, petit Loisillon, c'est sûrement quelqu'un du Ciel qui lui a brisé la jambe, sinon il aurait seulement eu plus de peur que de mal... tu ne voudrais pas que je fasse payer une décision céleste, non ?

— *Amen !* » dit Aubin, si gaiement que les passants se retournèrent.

Dans l'auberge, les sentiments, les odeurs et les

gestes familiers reprenaient peu à peu leur place avec une hésitation furtive, comme le font bêtes et plantes après un brutal orage d'été.

Le barbier, essoufflé, arriva en même temps que le médecin, qui salua et marqua de la satisfaction pour la célérité de son assistant ordinaire.

Maître Graebel était, plus que tout autre, un homme de son temps, pieux, moqueur, d'esprit pratique et dénué d'apitoiement superflu. Il s'approcha tranquillement de Pouce-Mort et lui scruta la plaie du crâne.

« Hum ! bien lavée d'eau claire, facile à recoudre... fais voir ce bras... Eh ! garçons, il faut me le détacher ! Bon, je reviendrai tout à l'heure, en attendant, faites-lui boire une forte décoction de coquelicot pour lui passer la souffrance. Je me demande bien pourquoi on va gâcher tant de talent et de charpie pour soigner un si vilain singe, tantôt promis à la potence ! »

Gilles était réveillé. Il avait les yeux ouverts, droit devant lui, mais ne semblait voir personne. Le médecin lui palpa le crâne, la mine de plus en plus soucieuse. Il marmonna enfin à mi-voix :

« Il serait cabossé de l'intérieur que cela ne m'étonnerait guère. Maître Choinard, bandez serré la tête de ce pauvre garçon. Portez-le dans son lit, saignez-le pour ôter le sang qui lui part des oreilles et vous, belle Pernette, faites-lui une forte tisane de coquelicot, feuilles de saule pour la fièvre et menthe pour sommeiller au plus vite. »

La servante salua, interrompue par l'arrivée du grand-père Ogier et du chapelain de Saint-Martial venu reprendre des forces entre deux oraisons. Les deux compères furent vite au courant et Thomas, la mine défaite, montra Gilles que le barbier et son commis montaient aux étages.

« Tu penses, la planche à trancher en pleine tête... et lancée par le gros Goliath barbu, là-bas. »

Ogier fit un grand pas pour aller tâter le bras musclé du bandit et hocha la tête avec un petit sifflement admiratif.

« Fichtre ! et lui qui n'a jamais eu la cervelle bien arrimée ! »

Armé d'une solide tartine de pâté, le chapelain lourdement posé sur un tabouret avait promptement confessé et absous le ruffian touché par le coup d'arbalète. Le malheureux entra aussitôt en agonie. Le chapelain passa en soupirant au garde blessé à la poitrine.

« L'animal humain est une méchante bête, heureusement que la miséricorde divine est infinie... celui-là a de quoi aller cent fois aux enfers. »

Le garde respirait tout doucement et ses narines jaunes et pincées n'auguraient pas une proche guérison. Un grand choc sourd fit sursauter tout le monde. C'était le chapelain qui avait manqué son tabouret en voulant s'asseoir à côté du garde, qui fit un pâle sourire pendant que l'assistance éclatait de rire. Un peu agacé, le moine bénit son pénitent et refusa les mains secourables, jugeant plus sage de demeurer sur son gros derrière à même les carreaux de grès. Un peu congestionné, il se pencha vers le blessé.

Graebel était à son affaire ; à gestes fort adroits il avait déjà posé une paire d'attelles et deux ou trois bandages pour suppléer à la soigneuse lenteur du barbier. Il se frotta gaillardement les mains en arrivant à Cécilia, toute pâle sous sa coiffe de lin.

« Ah ! enfin une blessée qui donne envie de se dépasser ! fais voir un peu cela ? continua-t-il en troussant la grosse jupe de futaine et les jupons blancs. Oui, oui, peau fine, odeur délicate, voilà qui vous console de tous les boucs que je viens de tripoter... »

Il tendit la main derrière lui.

« Charpie ! »

Puis bouchonna doucement la blessure qui ne saignait plus.

« Ma belle, il s'en est fallu d'un doigt pour que le chien qui t'a fait cela te coupe la grosse artère. Bah ! ne t'inquiète pas, tu serais déjà morte à présent, tu auras seulement une belle cicatrice à montrer à tes prochains galants. Cramponne-toi, car on va devoir te faire au moins deux points. Vous avez entendu, Choinard ? Recousez-moi bellement la cuisse de cette nymphe, je panserai moi-même la blessée... Alors, mon bon Thomas ? vous voilà privé de quatre bras d'un coup. »

Le grand-père Ogier sortit la tête de la soupente.

« Hé ! il y a un fourgon dans la cour...

— J'y vais », dit le sergent en abandonnant à regret

les mains fraîches de Pernette qui était revenue lui bassiner le front et le coude.

Thomas le retint par la manche.

« Vous savez, maître Simon, je n'ai guère le cœur à ouvrir l'auberge.

— Il le faut pourtant, songez aux espions toujours possibles, et puis, compère Ogier sera content de mettre la main à la pâte comme dans l'ancien temps. »

Le vieil homme fit une grimace en clignant de l'œil.

« C'est bien ma chance, la veille d'une aussi grande fête, mon petit-fils est parti avec une de mes servantes... Ils sont à Chaillot, je crois ? »

Thomas se força à sourire.

« Tu as raison, papa, plaise à Dieu que j'aille un jour là-bas les sortir du foin à coups de ceinture. »

Les gardes emportèrent les prisonniers sans beaucoup de ménagements.

« Tu viens avec nous, Aubin, dit le sergent. Le juge voudra certainement t'entendre. »

L'enfant se redressa tout excité.

« Avec plaisir, maître Simon, seulement...

— Eh bien ?

— C'est que j'ai grand-faim.

— Viens avec moi, dit le père d'Agnès, à cette heure et malgré mon absence nous trouverons certainement des pâtés chauds, tu rejoindras le sergent à la course, cela te connaît. »

Simon Fort-Étrille sortit derrière Aubin et le père

Arbessier. Il jeta un dernier regard à Pernette avant de refermer la porte d'un coup de talon.

« Au travail ! grogna Thomas, et cesse de rêvasser comme cela au sergent du guet ! Ma parole, on dirait une donzelle de treize ans !

— C'est qu'il est bel homme, soupira la jolie servante... et puis veuf depuis si longtemps... »

17

La confession d'un truand

« Je suis de compagnie avec Simon Fort-Étrille, dit Aubin.

— Je sais, répondit le garde goguenard qui connaissait bien le jeune Loisillon, m'étonne que tu n'aies pas été dans le chariot avec les autres pendards. »

Aubin haussa les épaules.

« C'est malin !... Où puis-je rejoindre le sergent ?

— 'peux pas t'indiquer, 'suis de garde, entre tout seul et tâche de ne pas choir dans une oubliette. »

L'enfant retint une réponse cinglante et entra sous la sinistre voûte par où passaient tout le crime, l'horreur et la sauvagerie que pouvait suer la grande cité. Dans la cour, les hommes d'armes tiraient les cottereaux du chariot et tranchaient les liens de leurs chevilles avant de les pousser brutalement dans l'ouverture d'une porte basse. Aubin ouvrit de grands yeux devant cette méchanceté gratuite.

Un des gardes de l'auberge l'apostropha :

« Dis donc, petit Loisillon, tu ne crois tout de même pas que nous allons nous crever à porter ces beaux sires comme des nourrissons. Le charroi de l'auberge a suffi ! »

Un gémissement épuisé sortit d'un soupirail voisin.

« Laisse, dit le garde en le retenant. C'est un prisonnier qui passe à la question... à la force de sa voix on peut prédire que l'instruction de son procès est bien près de s'achever. »

Aubin frissonna. Un clerc sortit de la porte basse.

« Le sergent demande si Aubin Loisillon est arrivé ?

— Voilà », dit le garde, en le poussant vers lui.

Aubin eut un mouvement de recul qui fit rire les deux hommes.

« Suis-moi », dit le clerc.

Après la porte s'étirait un long couloir très sombre d'où jaillissaient à tous carrefours des cris amplifiés et incompréhensibles, des sons inquiétants et sans suite, et puis de brusques bouffées fétides. Au fond, le clerc gravit trois marches et pénétra dans une salle claire dont les hautes fenêtres donnaient sur la Seine.

Le juge, qui s'appelait Michel Séguinot de Rouvres, était assis sur une estrade avec ses assistants ; près des fenêtres, des clercs demeuraient attentifs devant leurs lutrins. Marcel de l'Herbette, le prévôt, restait debout, mêlé aux gardes qui surveillaient négligemment les cottereaux dont les poignets étaient soigneusement attachés.

Simon Fort-Étrille parlait :

« Voici justement le garçon qui a su découvrir la supercherie, messire juge. »

Aubin s'avança, franchement intimidé ; il vit que Durand du Puy siégeait parmi les magistrats. Cela le rassura un peu car dans sa jeune tête sonnaient toujours les hurlements entendus dans le couloir. Il étouffait. Les formidables aînés se lancèrent dans un assaut de discours mêlés de latin dont il ne comprenait pas tous les mots et qui semblaient à peu près résumer les aventures qu'il vivait depuis la veille.

C'est alors que Pouce-Mort interrompit tout le monde en faisant un pas en avant.

« Mille pardons, messires, déclara-t-il avec un petit sourire pour son aspect pitoyable, mais il me semble que le moment est venu pour moi de gagner un coin de tabouret au paradis. Je veux tout vous dire sans qu'il soit besoin de passer à la question.

— Laissez parler cet ours de Pouce-Mort, grogna le vieux Durand, c'est un affreux sauvage auquel il arrive cependant d'avoir de la réflexion.

— Tout le plan imaginé par le sergent est exact, reprit le bandit qui dépassait les plus grands de la moitié de la tête, ce soir nous devons bouter le feu à une maison de Sainte-Geneviève, et moi... »

Il fut interrompu par ses compagnons fous de rage qui se jetèrent sur lui, choquant du front, du crâne, mordant à pleines dents.

« Lâche !

— Traître !

— Et moi, continua le colosse d'une voix plus forte en se secouant comme un sanglier serré par les chiens, et moi, je dois remonter dans la... »

La mâchoire du nasillard, forcené, se referma sur sa gorge. Les sergents affolés tapaient en tous sens à grands coups de poing, de manche de hache.

Simon Fort-Étrille accrocha ses grosses mains au cou du nasillard et tira de toutes ses forces. Le bandit s'arracha avec un abominable bruit de déchirement. Le sang jaillit de la gorge du misérable Pouce-Mort ; il trébucha et s'en vint choir aux pieds d'Aubin qui comprit son regard pathétique et vint s'accroupir contre l'affreuse trogne du bandit. Il répéta à haute voix sans quitter le regard sauvage :

« La lanterne ? trois fois comme hier ? »

Pouce-Mort ferma les yeux et hocha imperceptiblement la tête.

Le juge Séguinot au visage sévère se dressa et fit un court signe vers un de ses clercs. Le moine bondit et s'approcha du blessé. II traça un large signe de croix.

« *Te absolvo... in nomine patris...* »

Pouce-Mort ouvrit très grands les yeux et se redressa vers la main du prêtre, en ébauchant un triste sourire. Il fut brusquement secoué d'un grand spasme et partit en arrière, sonnant sur le sol comme tombe un arbre.

L'assistance, pourtant composée en majorité d'hommes particulièrement blasés, demeura stupéfaite. Tous se signèrent devant le grand cadavre encore agité de frissons. Le moine lui ferma les yeux.

Durand du Puy fut le premier à retrouver la voix.

« Vous voyez, messires, avec quels loups les Capuchons ont affaire ? Aucun truand de vos cités atteint-il cette férocité ? »

Simon Fort-Étrille encore secoué leva la main comme un enfant devant le juge figé.

« Pardon, sire Séguinot, si je viens vous dicter votre conduite, mais il me paraît nécessaire de savoir combien de cottereaux nous tomberont dessus ce soir... après ce que nous venons de voir... »

Le juge fixa les bandits qui reprenaient leurs sens.

« Ne vous excusez pas, sergent, avant ce soir vous aurez votre réponse, j'y veillerai... personnellement. Gardes, descendez ces seigneurs à la salle basse... je vous suis.

— Partons », souffla Simon Fort-Étrille.

Aubin le suivit en frissonnant encore.

« Je pars avec vous, dit le prévôt.

— Moi aussi, s'écria Durand du Puy, je vais de ce pas raconter la chose au roi. »

Dans la cour, le prévôt fit donner un cheval au sergent.

« Vous prendrez votre aide en croupe. »

Aubin, à qui l'air libre avait redonné de l'aplomb, salua avec un grand sourire.

« Pardon, sire prévôt, mais je ne suis pas l'aide du sergent, que j'estime fort, mais fils d'aubergiste et apprenti charpentier. »

Marcel de l'Herbette sourit malgré ses accablements.

« Peste de la pie borgne ! Pardon, mon maître, est-ce que la distinction de grand témoin conviendrait mieux à Votre Seigneurie ?

— Excusez-le, seigneur prévôt, dit le sergent gêné, il est encore bien jeune pour saisir certaines différences.

— Laissez, Fort-Étrille, je connais la jactance de l'animal ! Depuis tantôt deux jours je ne puis me gratter une puce sans que l'on me rebatte les oreilles de ses exploits ou de ses insolences. »

Il sauta lestement en selle en ajoutant en aparté pour le sergent :

« À tout prendre, je préfère voir ma ville pleine de drôles si remplis d'ardeur plutôt que d'hypocrites ou de truands. Mais il suffit, allons présentement regarder au chantier des remparts ce que nous pouvons imaginer comme arrangement pour ce soir. »

Il piqua sa bête et partit au galop, allure tout à fait inhabituelle, suivi de son porte-fanion et de son clerc privé. Simon Fort-Étrille prit leur sillage au milieu des bourgeois ébahis de tant de fureur.

Accroché au gilet de cuir du sergent, Aubin se laissa

cahoter avec délices, admirant au passage les guirlandes et les tapisseries qui meublaient presque toutes les façades. Il se serra contre l'oreille du cavalier.

« Tout le monde se prépare pour la fête... Quelle pitié ! nul ne se doute de l'abominable fin de Pouce-Mort, pas plus que de ce qui guette beaucoup d'entre eux cette nuit !

— Et toi, gros bec ? au moment où tu te goberges sur ce cheval, il y a des gens qui meurent de par le monde, des villages incendiés, d'autres frappés par la peste, est-ce que tu t'en soucies ?

— Vous avez raison, maître Simon, je viens de dire une grosse sottise.

— Bah ! pas plus que tout autre à ta place, c'est la vie cela, fils... Par Dieu, le bidet du prévôt a des ailes... Cramponne-toi, Aubin Loisillon, apprenti charpentier, nous allons les rattraper. »

Aubin serra les jambes, heureux de sentir les muscles puissants se détendre contre ses mollets.

18

Aubin a des idées

Contrairement à la porte Saint-Denis et la porte Saint-Martin où les maisons se pressaient contre la muraille, depuis la porte du Temple jusqu'à la Seine, les remparts neufs englobaient de nombreuses vignes, des champs et les marais récemment asséchés, tant pour laisser croître la ville en sécurité que pour assurer les récoltes indispensables en cas de siège serré. Il en était de même outre-Petit Pont où, hors les Écoles[1] et un étroit faubourg, le « mur » enserrait des fermes, les vignes de la montagne Sainte-Geneviève et les grands labours qui menaient au Mont-Parnasse.

En face de la porte Saint-Gervais toute neuve, les

1. L'Université.

maisons ne commençaient que deux cents pas en retrait.

Debout sur ses étriers, le prévôt fit la grimace.

« Pardieu, depuis plus d'un mois que je n'étais pas venu ici... les travaux n'ont guère avancé ! »

En privé, Fort-Étrille, « l'écuyer du guet », était très libre avec le prévôt. Sans s'embarrasser des ordinaires formules de politesse, il ricana :

« La chose vient des syndics bourgeois ; Bringuet de Vauvert et Saldebert Pigier le naute[1] pourraient certainement vous en apprendre de belles sur les avantages d'avoir dépensé 6 000 écus pour faire bâtir une porte en plein champ ! »

La porte Saint-Gervais, future clef du Nord-Est, s'élevait superbe et bien assise entre ses deux tours ventrues, posée, comme oubliée, entre les rangs de vigne superbes. En direction de la porte du Temple la muraille s'arrêtait à une soixantaine de pas et à plus de cent de l'autre côté vers la porte Broudeer. Marcel de l'Herbette ragea :

« Deux trous à boucher au lieu d'un ! et pas moyen de s'appuyer sur le fossé qui commence à peine à se creuser. Ils font tout comme cela ! Tenez, la poutre que j'ai fait querir hier est dans la vase pour dix ans ! Il faudra que le pont s'écroule pour qu'ils se décident à la sortir ! »

1. Marinier ; la corporation des mariniers était très puissante.

Simon se gratta la barbe qui commençait de lui pousser.

« Il faudrait cinq cents hommes pour obturer les brèches.

— Tant que cela ! s'étonna Aubin toujours accroché à son gilet.

— De quoi je m'occupe ?

— Laissez, Simon, tempéra le prévôt, cela prouve au moins qu'il s'intéresse à nous.

— Eh bien, monsieur le curieux, parce que là où les cottereaux passeront, ils arriveront tous ensemble au même endroit et écraseront les gardes, rien ne les empêchera d'entrer et pour sortir cela leur sera encore plus aisé... parce que nous en attraperons quatre ou cinq, quand vingt nous riront à la barbe. »

L'enfant secoua la tête et ne dit plus rien. Les chevaux avançaient au pas vers le chantier qui se trouvait le plus éloigné de la belle porte Saint-Gervais.

Le prévôt et ses compagnons mirent pied à terre devant la tente du maître d'œuvre, un Anglais qui buvait énormément. Mais il était considéré comme un expert en architecture militaire. On racontait qu'il venait de Bordeaux, autant dire la Chine. Laissant son porte-fanion à l'entrée, Marcel de l'Herbette, son clerc et le sergent disparurent sous la toile.

Aubin partit muser dans le chantier, parmi les hurlements des passe-partout et le crépitement des marteaux. Il y connaissait tout le monde ou presque, tailleurs de pierre et maçons qui avaient récemment terminé leurs tâches[1] à Notre-Dame et se trouvaient fort satisfaits d'avoir retrouvé de nombreux mois de travail sans besoin de quitter la ville.

L'enfant se fit moquer à souhait par les « casseurs de cailloux » qui lui parlaient vipère édentée et jambes de sculpteur et lui proposaient avec un évident mauvais goût de venir leur apprendre à se servir d'un treuil. Les nouvelles allaient vite d'un chantier à l'autre, plus vite que l'esprit de décision des bourgeois.

Le travail ne semblait pas avancer, car toutes les pierres équarries disparaissaient en masse dans le fossé de fondation, que des terrassiers travaillant « à la corbeille[2] » ouvraient sur plus de six pieds de profondeur et douze de large selon une ligne tracée avec des cordes.

Après un copieux échange d'insolences, chanson connue entre « gens de métiers » qui était considérée comme le fin du fin en matière de plaisanterie, Aubin revint vers la tente du maître d'œuvre pour voir sortir ses maîtres. Ils avaient la mine soucieuse.

D'un geste, Simon Fort-Étrille fit signe à Aubin de ressauter en croupe.

« Allons jusqu'à cette damnée porte », dit le prévôt.

Ils furent vite arrivés. Aubin les suivit jusqu'à la plate-forme de la première tour, cerclée de créneaux aux angles nets.

---

1. Contrats.

2. La brouette n'était pas inventée. On se passait la terre, les pierres, les débris de main en main en utilisant des corbeilles.

Le sergent s'y accouda, maussade, en montrant les collines boisées et le plateau qui fermaient l'horizon.

« Quand je pense qu'ils sont là à nous guetter peut-être.

— Bah ! ils nous prennent sans doute pour des commis du maître d'œuvre. »

Aubin s'était accoudé lui aussi, en se donnant des allures songeuses. Il revint vers les hommes.

« Maître Simon...

— Hum ?

— Je... je crois bien que j'ai une idée pour boucher le grand trou. »

Le sergent, amer, haussa les épaules.

« Par tous les diables, Simon, laissez-le parler. Il ne peut pas dire plus grosse sottise que celles qui nous passent présentement par la cervelle... Vas-y, mon garçon, et ne cherche pas à faire des effets parce que je suis le grand prévôt.

— Oh ! ça ! » grogna Simon Fort-Étrille.

Aubin l'ignora et s'approcha des créneaux pour montrer le chantier.

« Si ce soir pour fêter la Saint-Michel venante, vous leur offrez trois ou quatre moutons à rôtir, droit de feu et un tonneau pour faire glisser le pain sec, ils passeront la nuit à rire, à danser, surtout si on les pousse un peu. M'est avis que les cottereaux, gênés par les feux et le brouhaha, passeront par l'autre trou, le petit, plutôt que de se heurter aux tailleurs de pierre, gens de forts poignets et chatouilleux du maillet. »

Le visage du prévôt s'éclaira.

« Par Dieu, petit Loisillon, quand donc cesseras-tu de nous sauver la mise ? Voilà, ma foi, une idée superbe ! Nous mettons des gens dans la tour, d'autres près des maisons et nous essayons de refermer la nasse !

— D'autant, continua Aubin en prenant de l'assurance, que si nous mettons à la nuit deux ou trois charrettes de paille à brûler à votre commandement, les arbalétriers y verront comme au jour pour tirer les ruffians.

— Magnifique ! Simon, votre protégé sera un jour prévôt ou peut-être même aide de camp à la cour !

— Je dois dire à la vérité que le drôle a la cervelle joliment bien orientée pour apprendre à ses contemporains ! Nous allons suivre ton idée, Aubin, mais nous seuls saurons qu'elle est de toi. Tu penses bien que ni les bourgeois ni la cour ne suivraient l'idée d'un gamin de ton âge, tandis que si elle vient du prévôt... »

Marcel de l'Herbette tortilla le revers de son habit.

« Le sergent a raison... après, nous te ferons rendre justice. »

Aubin eut un sourire d'ange. Simon Fort-Étrille courba un peu les épaules avec inquiétude.

« Je pourrai venir ce soir ? dit Aubin.

— Ici ?... ce n'est guère ta place...

— Oh ! avec Néron je ne risque rien du tout.

— De toutes les façons nous aurons déjà besoin de

toi pour faire les signaux dans la flèche. Qui d'autre qu'un singe d'Égypte pourrait s'en charger ?

— Retournons au Châtelet, dit le prévôt. La troisième heure d'après dîner a déjà sonné et c'est fou ce qu'il nous reste à agencer avant ce soir.

— À vos ordres. Toi, Aubin, tu iras dormir un moment pour être d'attaque cette nuit.

— À vos ordres, sergent », dit l'enfant en riant et saluant comme le faisaient les gardes du roi.

Simon Fort-Étrille lui donna une taloche et le poussa dans le bel escalier neuf.

19

Première veillée d'armes

« ... et puis tout à l'heure je remonte dans la flèche avec la lanterne de Pouce-Mort. C'est moi qui donnerai le signal ! »

Dans la douceur feutrée du lit de plume, la voix d'Agnès s'éteignit et reprit après un long moment, si légère que le garçon dut retenir sa respiration pour la comprendre.

« Et cela a l'air de te faire plaisir... »

Aubin éclata d'enthousiasme.

« Et comment ! ton père et le mien en sont aussi, nous allons les serrer comme anguilles dans une nasse ! Sais-tu combien ils ont déjà tué de pauvres gens ? Ils en ont avoué, paraît-il, plus de trois cents au juge Séguinot, ce tantôt.

— Tu n'imagines pas qu'ils pourraient te tuer pareillement ?

— Oh ! pour cela, il faudrait qu'ils m'attrapent et je connais joliment mieux les passages qu'eux tous rassemblés. »

Aubin entendit une sorte de sanglot étouffé suivi d'un silence obstiné. Il comprit que c'était là le seul au revoir, peut-être l'adieu, de son amie.

Avec un petit haussement d'épaules il s'habilla rapidement en se disant que décidément les filles, même les meilleures, étaient plus occupées de peur que de gloire.

Dehors, si le ciel en était encore au crépuscule, comme d'habitude il faisait déjà nuit au fond des rues et des maisons. L'escalier grinça familièrement à la première marche. Sur le palier, il croisa une silhouette noire dans la lourde pénombre : « la sœur de charité » qui veillait sur Gilles depuis le début de l'après-midi.

« Comment va Gilles, ma sœur ?

— Il dort », répondit une voix revêche et sans visage, probablement trop accoutumée au malheur.

Aubin grommela un merci rapide et descendit la dernière volée sans lâcher la rampe. Dans la grande salle, les chandelles brillaient comme autant d'étoiles dans une nuit d'août, sans éclairer davantage. Au sourd brouhaha qui résonnait des murs au plafond le gamin comprit qu'il y avait foule. Il lui fallut s'approcher pour distinguer çà et là des luisances inhabituelles. Il comprit avec un brin d'excitation que tous les conjurés étaient armés et cuirassés. Il ne s'agissait évidemment pour personne des luxueuses « gamelles » des chevaliers, au demeurant fort encombrantes pour des gens à pied, mais plus communément de la cuirasse dite « à gambeson », épaisse tunique de cuir rembourrée d'étoupe et garnie aux points jugés vitaux de petites lames d'acier larges de trois doigts, bordées de trous pour la couture, que l'on appelait des bordelaises. Plus on était riche et plus on possédait de points vitaux à protéger. La fortune d'un bourgeois appelé à défendre sa ville se mesurait au nombre de ses bordelaises. C'est dire que certains Capuchons brillaient comme des soleils à la plus chétive lumière.

Au sombre abattement de la matinée avait succédé un climat lourd et presque joyeux. Tous les visages que l'on pouvait voir étaient enluminés. À cela, Aubin conclut que les amis de son père s'étaient donné à ras gobelets un courage qui leur manquait ordinairement.

« La huitième heure vient d'être sonnée[1], dit un homme venant de la rue.

— Mangeons, dit le sergent, on va mal au-devant des horions avec le ventre creux ! »

Marie et Pernette s'empressèrent de faire passer des écuelles de soupe épaisse et fumante.

---

1. À cette époque on comptait encore les heures comme au temps des Romains : douze heures de jour et autant de nuit, hiver comme été. Le temps n'était pas une mesure rigoureuse comme aujourd'hui.

À la première cuiller, Aubin reconnut la redoutable cuisine du grand-père Ogier, plus habitué à servir de la cervoise et des harengs salés, nourriture propre à entretenir la soif, qu'à veiller sur des fourneaux. Il regretta Gilles.

La sourde conversation fut bientôt submergée par des lapements, des rots sans discrétion, des « bruits de ventre » et autres joyeusetés des banquets d'alors. Aubin, tout à fait accoutumé à ces mœurs et qui n'en connaissait pas d'autres, laissa tranquillement passer l'orage. Les filles apportèrent presque à tâtons un dernier pichet par table et le sergent se leva. Grâce à une chandelle proche, tout le monde put voir que, outre sa hache, il portait un des « couterels » pris aux bandits dans la matinée.

« Le couvre-feu est sonné. Partons donc. Je vous rappelle qu'à compter de maintenant le silence est la garantie de notre réussite. »

Personne ne fit de remarque, malgré l'ardeur collective et les bienfaits du vin d'Argenteuil. Chacun se sentait au fond du cœur une petite graine d'angoisse qui ne demandait qu'à pousser.

« Et toi, jeune Loisillon, tu te rappelles bien ce que tu dois faire ?

— Certainement, maître Simon, grimper sur la même plate-forme que Pouce-Mort, faire d'abord signal vers le clos Saint-Victor et puis vers la Courtille par trois fois.

— Très bien.

— Permettez », interrompit Bringuet de Vauvert en se levant dans un grand bruit de ferraille. Il toussa et fit bien voir que son allure martiale n'avait terni ni sa voix, ni son verbe.

« Je trouve que c'est un peu léger de confier le succès de notre équipée à un gamin qui s'illustre surtout par son assiduité à faire enrager les honnêtes gens. »

Simon Fort-Étrille étouffa surprise et mauvaise humeur dans un grand mouvement de son manteau. II toussa à son tour avec affectation.

« Ce que dit maître Bringuet est plein de bon sens, comme toujours, aussi, je propose qu'il accompagne le jeune Loisillon pour veiller au bon accomplissement de sa mission. »

Quelques rires fusèrent et Bringuet de Vauvert, de saisissement, retomba sur son tabouret.

« Que je... dans la flèche ? »

Féroce, le sergent se pencha à le toucher.

« Dame, voyez-vous meilleure garantie que la vôtre ? »

En dépit de son ébahissement, le gros homme ne manquait pas de ressource. Il fit un sourire satisfait.

« Non, ma foi ! mais hélas ! ma présence est sans doute plus utile au combat. Alors viens ici, petit Loisillon, tu vas me jurer sur les Évangiles d'accomplir ton travail selon nos ordres et sans faiblir.

— Je ferai de mon mieux, maître Bringuet. »

Une voix anonyme graillonna sous un capuchon.

« Hé ! le gros pète-gras s'est dégonflé comme une vessie ! »

L'assemblée ondula sous une houle de rires mal étouffés. Le syndic des marchands d'outre-Petit Pont jugea qu'il était temps de battre en retraite sans plus longtemps perdre la face. Il accepta la réponse évasive de l'enfant d'un air comblé.

« C'est parfait ! partons donc, sergent, et que Dieu nous ait en sa sainte garde.

— *Amen* », gronda l'assemblée, en sortant avec l'enthousiasme modéré et l'allure d'un troupeau de vaches par mauvais temps.

Aubin alla querir la lanterne sourde, la garnit d'une chandelle neuve et s'approcha de son grand-père pour l'embrasser.

« Tu fermeras bien derrière moi ; si cela ne te fait rien, j'emmène Néron avec moi.

— Fais à ton idée, va, et regarde où tu mets les pieds... Tu sais, Aubin, eh bien, tu es plus grand qu'il n'y paraît, mon garçon ! »

L'enfant déjà dehors grommela.

« Merci bien, c'est à Agnès que tu devrais dire cela !

— Que dis-tu ?

— Moi ? rien... Néron ! ici ! »

20

Aubin commande au Destin

Aubin était absolument seul dans le Grand Chantier. Le calme de Néron, couché au pied de la première échelle, en était la meilleure des preuves. Le silence était total. Il n'y avait pas le plus petit souffle d'air pour faire chanter un trou de sculpture, un chevron en sifflet ou deux planches disjointes. La poignée de la lanterne entre les dents, le garçon montait en souplesse, sans hésitation. À tout prendre, si l'on exceptait l'aspect vertigineux du voyage, le chemin n'offrait guère de complication et Aubin avait la chance de ne pas connaître le vertige.

Il s'étonna de l'aisance avec laquelle il prit pied sur

la plate-forme, le souffle moins précipité que lors des cavalcades ordinaires sur les ports de Seine.

Il s'assit sur la bâche et regarda la nuit immense et tranquille.

Transporté par une légère inquiétude très exaltante, il se sentait au fond de lui en attente de quelque chose d'important et d'inconnu. L'esprit aiguisé, pénétrant, il était soudain l'âme de la ville écrasée et invisible, qui montait vers le ciel, un ciel lourd et solide dont il percevait nettement l'écho plat et rassurant comme celui d'un plafond lorsque l'on travaille en haut d'une échelle.

Tout en bas, presque à ses pieds, la Seine luisait doucement, à peine plus claire entre ses nombreuses îles que les îles elles-mêmes. En face, vers le nord, il distingua les feux de joie des carriers et des maçons. Il y en avait quatre qui, de loin, faisaient assez peu d'effet. Celui de gauche était toutefois suffisant pour permettre de deviner la face droite de la porte Saint-Gervais, tache indécise plutôt qu'ouvrage fortifié.

Il se tourna vers le sud en songeant qu'il aurait donné beaucoup et même plus encore pour qu'Agnès puisse le voir ainsi, prêt à commander au Destin.

Il cala facilement la lanterne dans la direction approximative et ouvrit le petit volet de fer. La chandelle éclaira très fort entre ses miroirs de cuivre poli. Quelques instants plus tard, il vit s'allumer des torches au-delà du Petit Pont. De son perchoir, cela lui parut tout près mais après réflexion il se dit que la taille des lumières montrait qu'elles brûlaient à près d'une demi-lieue.

« Aux autres à présent... il faut leur donner la bonne nouvelle de l'incendie ! »

Il trouva facilement la marque de suif et remit la lanterne à la place exacte où le bandit l'avait posée la veille. Il eut une pensée pour l'âme sans doute torturée en purgatoire du malheureux Pouce-Mort au repentir si tardif et à la fin si épouvantable. Avec étonnement, il réalisa qu'il venait de faire la prière la plus sincère qui lui ait traversé la cervelle depuis longtemps. Il fit une grimace. S'il ne savait plus prier que pour les bandits !... il allait bien, le petit Loisillon !

Bien qu'il soit parfaitement reposé et n'ait pas grand-chose à faire, il prit sa respiration et crispa ses muscles comme pour un puissant effort avant de lever le volet de la lanterne. Il compta jusqu'à dix, referma, ouvrit, compta encore ; quand, pour la troisième fois, il referma le volet son cœur battait très fort. Il se sentit tout nu, inquiet pour de bon, n'osant pas faire un mouvement.

Dans le noir, hostile à présent, une étoile s'alluma à pleine pente de la montagne qui se devinait à peine et cligna trois fois elle aussi. Message reçu ! Aubin frissonna et se dit qu'il venait de donner rendez-vous à la Mort. Cette pensée le secoua comme un bruit subit. Un éclair de conscience nouvelle éclaira fugitivement son cerveau. Il eut peur.

« Mon Dieu ! est-ce que je deviens un homme ? »

Rien que le besoin de formuler la question lui révéla que c'était la dernière dérobade de l'enfance. Sans doute trop fortement brassé par les émotions de ces dernières heures, son esprit qui n'attendait que cela avait mûri d'un coup comme les prunes au vent de juin, vertes le soir, dorées le matin.

Ses pensées en torrent s'agencèrent d'elles-mêmes selon un ordre nouveau et c'est un adolescent tout neuf qui descendit d'un pied prudent vers la ville endormie et la redoutable épreuve qui l'attendait.

À mi-échelle, il vit que vers Saint-Victor un feu s'élevait, probablement très important afin d'être vu des bandits. Soudain, un lointain tocsin sonna, premier bruit perceptible de cette nuit extraordinaire. Aubin, la lanterne toujours entre les dents, s'étrangla de rire en songeant que le chanoine de Saint-Germain-l'Auxerrois allait certainement faire une maladie d'entendre sonner la première une autre cloche que la sienne.

Avant qu'il n'arrive au grand chemin de bois où Néron levait le museau vers son maître, cinq ou six clochers avaient repris le terrible signal d'alerte. Il flatta la grosse tête du molosse et libéra ses lèvres de la poignée pour rire à l'aise. Il tendit le bras vers le bruit montant des cloches.

« Tu entends, Néron ? cette fois il faudra saigner le chanoine si on veut le sauver ! »

Il ouvrit grand le volet de la lanterne et partit lestement vers l'escalier.

21

Tout marche bien pour les bandits

Inquiet de ces feux inattendus qui s'étaient allumés à la hauteur des chantiers, le sire de Crève-Panse envoya un de ses lieutenants, surnommé Brise-Dents, aux nouvelles. Un moment plus tard, tandis que sur le Chauve-Mont le capitaine faisait les cent pas, Brise-Dents, un homme maigre et ondulant au visage de chat-huant, descendit de son cheval hirsute en souriant.

« Bonne nouvelle, capitaine, ce sont les ouvriers qui travaillent au rempart qui fêtent la Saint-Michel avec un peu d'avance. »

Zébédée Crève-Panse se frotta les mains avec un large sourire carnassier.

« Bon, ça !... très bon ! Oh ! les curieux, s'il s'en trouve debout, se presseront là pour voir danser les garces, et nous ne passerons que mieux de l'autre côté de la porte où, par comparaison, il fera encore plus noir. Il n'y a plus qu'à attendre le signal du camarade Pouce-Mort.

— Souhaitons qu'il ne lui soit rien arrivé de fâcheux », dit Fière-Chopine en se grattant la barbe.

Zébédée Crève-Panse se retourna comme on chasse une guêpe.

« Eh quoi ? que veux-tu qu'il lui soit arrivé ?

— Je ne sais pas, mais les bourgeois sont méfiants. »

Le capitaine eut un gros rire un peu méprisant.

« Méfiants, au point d'organiser des feux de joie en nous sachant aux aguets ! Tu leur prêtes bien du talent, mon ami... ce doit être la fièvre qui te ronge. Attendons, c'est tout. »

Le calme revint aussitôt et les routiers retrouvèrent mécaniquement leur impassibilité de vieux soldats rompus aux veilles, aux gardes, aux embuscades interminables.

Leur patience n'eut pas le temps d'être entamée. Une lueur s'alluma au-dessus de la ville.

« La réponse ! » commanda Crève-Panse.

Un homme se hâta d'allumer une chandelle pour en garnir une lanterne briquée à neuf qu'il lui tendit servilement. Le capitaine ne fit pas un geste pour la prendre.

« Brise-Dents, à toi l'honneur, trois coups comme hier. »

Là-bas, très loin dans la plaine où brillait le fleuve, la lumière s'éteignit après avoir lancé son message maléfique. Brise-Dents cala bien sa lanterne sur une grosse pierre et à son tour ouvrit le volet.

Crève-Panse s'avança jusqu'au-dessus de la combe et laissa éclater un cri de triomphe.

« Mes seigneurs de Mort-Subite, l'ouvrage est là qui réclame vos bras ! Hâtons-nous pour ne pas laisser l'excellent Pouce-Mort rafler le meilleur... À cheval, et vivement ! »

Une brutale agitation secoua aussitôt la combe obscure et, tandis que le capitaine et ses suivants prenaient le chemin ordinaire de la métairie, du sentier en pente raide qui le joignait plus bas surgirent les ombres plus noires encore de cavaliers furtifs et légers dont les chevaux semblaient comprendre et partager le souci de discrétion.

« Le chemin est aisé, capitaine, dit Brise-Dents. Il suffit de suivre l'aqueduc du côté qui nous met à l'abri des curiosités. Il n'y a pas plus de trois quarts de lieue.

— Je sais, dit Crève-Panse, j'y suis passé au dernier printemps à la suite du comte. Pressons maintenant. »

La longue file de cavaliers se coula le long du mur neuf sans faire plus de bruit qu'une souris.

22

Le piège est tendu

Au même instant, Aubin quitta les dernières maisons et prit un des sentiers qui serpentaient entre les potagers pour rejoindre la tour éclairée par les feux des fêtards. À présent, leurs cris, leurs vivats arrivaient par bouffées molles comme le vent du matin qui poussait les brumes sur le fleuve. Il tira un peu à gauche pour se trouver juste en face de la porte lorsqu'une grosse ombre se dressa devant lui. Une voix trop vibrante demanda :

« Qui va là ? »

Le garçon eut juste le temps de se cramponner au collier de son chien.

« Paix, Néron ! »

Il sentit une pointe le piquer à la poitrine.

« J'ai dit : Qui va là ? Réponds, maraud, ou je te perce comme une rave ! »

Aubin fit un saut en arrière et cria, fou de rage :

« Aubin Loisillon ! maître sot ! et me baissez un peu votre lardoire ou je lâche le col de mon chien ! »

L'inconnu recula lourdement et sembla tourner la tête pour parler derrière lui.

« Il dit s'appeler Aubin Loisillon... c'est peut-être une ruse ? »

La voix de Simon Fort-Étrille gronda dans l'obscurité :

« Eh bien, voyons ! ajoutez qu'il vous a appelé maître sot, ce qui signifie qu'il vous a reconnu ! Approche, petit Loisillon, et garde bien la main au collier de Néron !

— Avec plaisir, maître Simon ! encore que j'aimerais connaître le nom de ce beau cloueur de badaud...

— Laisse, dit le sergent en le poussant sous la poterne. Ces bourgeois dévoués crèvent de peur malgré leurs cuirasses et leurs armes à trancher des montagnes. Il faut leur pardonner. »

Dans la pièce basse et bien close il y avait assez de chandelles pour y voir clair. L'enfant se frotta les yeux.

« Tout s'est bien passé ? demanda le prévôt, armé de pied en cap.

— Certainement, sire prévôt, mais lorsque je suis descendu, les gens d'outre-Petit Pont branlaient le tocsin à en rompre les clochers... C'est que vos hommes ont fait joli feu... La paix, Néron ! Et voici tantôt le quart d'une heure, les cottereaux m'ont répondu par trois fois. Ils ne tarderont guère à se présenter ici.

— Parfait, petit, jusqu'ici tout va bien sauf peut-être le chanoine de Saint-Germain... »

Aubin éclata de rire.

« Ah ! c'est ce que je disais justement à Néron tout à l'heure. Il va falloir lui dépêcher le barbier de maître Graebel pour le sauver ! »

Marcel de l'Herbette hocha la tête en soupirant.

« Ce garçon rassurerait un condamné sur son bûcher ! Toujours gai, de belle humeur. Ah ! sergent, il me change des clercs chagrins du Châtelet. »

Simon Fort-Étrille fit une moue ironique.

« De belle humeur, c'est vite dit, si vous l'aviez entendu à l'instant même traiter le syndic des drapiers de maître sot...

— Eh, c'est qu'il m'avait lardé avec sa broche ! » s'écria le garçon en montrant le sang qui coulait d'une petite coupure à la poitrine.

Le prévôt soupira de nouveau.

« Ah ! les milices ! gens dévoués, gens utiles, mais souvent aussi adroits qu'un goret de sa queue ! Vous verrez que, avant le jour, deux ou trois se seront fendus entre eux, se prenant pour des ruffians ! Que ne donnerais-je pour une centaine de vrais soldats réglés et accoutumés à l'obéissance ! »

Le vieux Durand mordilla sa moustache grise.

« Mouais ! c'est beaucoup trop cher.

— Pensez-vous ! à deux sous par tête de Parisien je pourrais m'offrir une armée, mais il paraît que ce n'est dans l'entendement de personne aujourd'hui. Bon, il est temps de prendre nos places. Messire Durand, vous serez sur la tour pour ordonner les lumières. Toi, Aubin, tu veilleras sur lui avec ton chien. »

Il se tourna vers les soldats assis par terre dans l'ombre, ceux qui avaient inquiété le chien.

« Vous n'agirez que sur les ordres de votre sergent. »

Les hommes casqués firent entendre un vague murmure d'assentiment.

« Allons ! »

Il fit sortir son monde dans un bruit de ferraille inhabituel. Aubin comprit que la « mission » dont l'avait chargé le prévôt consistait surtout à le mettre à l'abri. Il haussa les épaules et suivit le vieil homme dans l'escalier tournant qui menait au sommet.

« Le prévôt peut dire ce qu'il veut avec son armée, sans nous il ne pourrait rien faire.

— Il y a beaucoup de monde en embuscade, messire Durand ? »

Le vieux s'arrêta, le regard allumé.

« Je pense bien ! Il y a d'abord cinquante et un Capuchons et des bons, et puis trente gardes et sergents du guet, quinze gardes du palais et des volontaires, compagnons de charpente que je connaissais, dont ton maître Blaisois Fin-Trait et ce beau rieur de Bertrand Beau-Compas.

— Alors, la peau des cottereaux va leur fumer. Mais les gardes du palais, ce sont ceux qui sont assis en bas ?

— Oui, ils ne sortiront que pour fermer le piège derrière les bandits. »

À petits pas, ils arrivèrent enfin sur la plate-forme obscure. Le vieux se hâta de souffler sa chandelle et s'avança à tâtons.

« Et le plus beau, chuchota-t-il avec emphase, ce sont ces messieurs ! »

Il montra trois silhouettes immobiles qui surveillaient la campagne.

« Ce sont des arbalétriers de la garde personnelle du roi. »

Pas un de ces hommes bardés de fer ne tourna la tête. Aubin s'abstint de tout commentaire et s'accouda dans un créneau libre, les yeux fixés à lui en faire mal sur cette vigne qui prospérait mystérieusement là où aurait dû pousser un rempart.

23

Dans la trappe !

Brise-Dents passa son nez crochu au ras de l'épais rang de vigne. Il demeura immobile quelques instants et redescendit dans la petite dépression où l'attendait le chef de la bande.

« Pas un rat !

— Écoutez, murmura Fière-Chopine... on entend le tocsin, par là... »

Le capitaine eut un sourire carnassier.

« C'est sûrement à cause du feu allumé par nos compagnons... Ah ! ces fils du Diable n'y vont pas de main morte mais lorsqu'ils se mêlent de quelque chose... Bon, tout le monde est là ? »

Brise-Dents, qui prétendait avec raison y voir mieux la nuit que le jour, dit d'un ton assuré :

« Les derniers arrivent, capitaine, et le sac béant, tu peux m'en croire ! »

Ce sac, complément direct du couteau, était pour les routiers l'objet de tous les soins. Constamment ravaudé, vérifié, il pouvait se porter en bandoulière avec une courroie, comme une valise grâce à une poignée ou s'attacher au pommeau d'une selle par l'anneau de cuir de la coulisse. Outil diabolique en dépit de son apparence débonnaire, c'est grâce à lui que l'expresion « mise à sac » prenait son horrible signification.

Zébédée Crève-Panse se dressa sur ses étriers.

« Dans ce cas, compagnons, en avant ! »

Les chevaux aux sabots soigneusement garnis de bruyère et de chiffons ne faisaient aucun bruit sur la terre molle. Ce fut plus un frisson que le mouvement d'une troupe en marche que tout le monde guettait, à peine un souffle. Avant que les gardes embusqués aient compris ce qui se passait, les cottereaux étaient dans la ville.

Sur la tour, Néron gronda. Aubin se pencha davantage et perçut le faible froissement des croupes contre les pampres.

Un des arbalétriers plus attentif que ses collègues jura :

« Tonnerre de Dieu ! ils nous sont passés sous le nez ! Donnez l'alerte, maître Durand, l'alerte, vite ! »

Le vieil homme tira un sifflet de buis pareil à celui de Blaisois Fin-Trait et souffla de toutes ses forces. Dans l'instant, des briquets étincelèrent un peu partout, des torches s'allumèrent, encore timides, et dans un crépitement de toile qui se déchire trois énormes charrettes de paille s'embrasèrent, illuminant à plus de cent pas autour d'elles. Ce fut pour voir, à la stupéfaction générale, une grosse bande de cavaliers loin de la porte, dont les premiers s'engouffraient déjà dans les ruelles où ils se heurtèrent aux gens serrés entre les maisons. Des cris, des hennissements semblèrent jaillir de partout à la fois. Sur la tour, les arbalétriers s'étaient aussitôt mis à l'ouvrage. Leur arme soigneusement posée sur la tranche d'un créneau, ils faisaient mouche à tout coup. Des cavaliers se mirent à tomber au claquement vibrant des arcs d'acier.

Prévenus par le hourvari, les maçons et les tailleurs de pierre excités par la fête vinrent apporter le secours de leurs maillets, bloquant la dernière chance de fuite. En rangs pataudes hérissés de lances et de piques, les Capuchons, les gardes du guet, ceux du roi et les volontaires de tout poil convergèrent au centre sous la conduite de sergents braillards. Chaque groupe comprenant plusieurs porteurs de torches, Aubin, de son créneau, ne perdait pas une miette du terrible spectacle. Le premier routier qui tenta de tourner bride se cloua de lui-même à ce rempart ambulant.

Dans le cercle de fer et de feu qui s'étrécissait, les cavaliers stoppèrent enfin.

« On dirait que cela va mal, capitaine !

— Oui, dit calmement Crève-Panse, rassemblez tout le monde et en colonne par deux, droit sur la sortie, cela pliera là où nous pousserons ! »

C'était compter sans la peur et la fureur des Parisiens, exaspérés par les hurlements qui jaillissaient des premières maisons où les pillards se faisaient hâtivement la main avant de déguerpir.

Dans le tourbillon des chevaux, de la fumée, Fière-Chopine croisa son chef.

« Qu'a-t-il pu bien se passer ?

— Je t'expliquerai cela en enfer ! » rugit Crève-Panse en parant un coup de pique.

Pour se dégager, il fit ruer sa monture et profita du mouvement de recul de ses adversaires pour bondir dans un endroit dégagé en hurlant :

« Retraite sur moi ! »

Parmi la nuée de cavaliers qui couraient en tous sens, une dizaine rameutèrent pour foncer vers la vigne d'entrée. Les redoutables tireurs du roi les attendaient. Trois cottereaux vidèrent les étriers avant de s'engager entre les plants de vignes d'où surgirent à grands cris les gardes qui s'y étaient cachés. Dans le flottement qui suivit, Crève-Panse et deux de ses hommes tombèrent à leur tour. Les bandits refluèrent vers le cercle où chaque pas en avant resserrait, renforçait les combattants dont le contact devenait plus féroce. Les routiers défaits se battirent en désespérés, mais déjà plus de vingt d'entre eux gisaient pêle-mêle au sol.

Ils étaient encore une quarantaine, lorsque plus de deux cents piques, épées et maillets se dressèrent autour d'eux. Le dernier choc fut sans pitié et les coups tombèrent drus et longtemps avant que l'on entende crier grâce.

Le prévôt couvrit les derniers cottereaux de sa grande épée.

« Prisonniers du roi ! Écartez-vous ! »

Les sergents se précipitèrent tant pour les désarmer que pour les soustraire à la vengeance des Parisiens. Après quelques bousculades on en dénombra une quinzaine qui furent promptement ligotés.

Les combattants apportèrent une nouvelle charrette de paille et un chargement de torches pour fouiller soigneusement le terrain, tant on savait les bandits capables de faire le mort pour revenir égorger à leur aise, une fois les milices parties.

24

La mort d'un loup

Aubin et le vieux Durand ne tenaient plus en place. Accompagnés du chien, ils descendirent dans la vigne où le garçon saisit deux chevaux par le bridon. À l'étrier de l'un d'eux, le cavalier pendait encore.

Le chef des Capuchons approcha sa torche et regarda attentivement le visage hirsute et blême.

« Non, je ne le connais pas. Dégage-lui le pied, les autres viendront bien le chercher un jour. »

Un peu plus loin, ils virent deux corps allongés côte à côte. Les blessés parlaient doucement.

« Nous avons oublié d'occire les prisonniers en partant, capitaine.

— Trop pressés de bien faire... à présent, quelle importance ?

— Il vont crever de faim dans leurs liens... piètre mort...

— Penses-tu ! sitôt notre départ ils ont dû ronger leurs lanières... à moins que nos garces les aient libérés pour se faire bien voir en cas de malheur... »

Le plus gros tourna un peu la tête vers les arrivants.

« Approchez, valeureux bourgeois, venez voir gésir le capitaine Crève-Panse et son ami Rase-Pays ! »

Néron tomba en arrêt près de leurs gorges, n'attendant qu'un mot de son maître.

« Prends leurs armes », dit le vieux Durand.

Aubin se pencha, le regard attiré par les plumes du carreau[1] d'arbalète qui sortaient de la poitrine du capitaine. Il tira les longs couteaux de leurs gaines.

« Sers-toi, jeune homme, ces armes-là peuvent t'en apprendre. Elles n'en sont pas à leur coup d'essai. »

Durand du Puy tendit une corde à son compagnon.

« Attache-leur les mains. »

Crève-Panse eut un rire un peu douloureux.

« Ah ! messire, si vous voulez nous faire prisonniers, c'est autre chose. Il faudra nous traiter comme des demoiselles sinon nous serons morts avant de parvenir où vous voulez nous conduire. N'est-ce pas, Rase-Pays ?

— Assurément, capitaine, et sans rémission. »

1. Flèche de fer.

Zébédée Crève-Panse gonfla ses joues dans une grimace de dérision.

« Pouf ! à quoi bon nous faire remettre[1] nos péchés ? Nous avons assez fait, je pense, pour mériter de beaux titres en enfer et j'en veux profiter !

— Va chercher de l'aide, celui-là est chef des brigands et il sera intéressant de le questionner. »

Aubin enfourcha un cheval et courut vers la charrette enflammée près de laquelle il distingua les silhouettes amies de son père, du sergent et du prévôt.

Zébédée Crève-Panse parut soudain beaucoup souffrir, son visage se tendit puis, comme après une crampe, il retrouva sa sérénité narquoise.

« Pas de question[2], noble vieillard, vous allez manquer votre coup, je sens la mort l'emporter, mais ne vous inquiétez pas, la vue de mon cadavre renseignera tout le monde à la cour sur mon identité. Je suis Joachim Gaultier, dit Zébédée Crève-Panse, capitaine des batteurs d'estrade[3] brabançons du comte Ferrand. Pour le reste... »

Sa voix faiblit beaucoup. Le vieil homme dut mettre un genou en terre pour l'entendre.

« ... là où je vais, tu ne veux certainement pas me suivre... alors, à jamais, Durand du Puy. »

Le vieux chef des Capuchons sursauta à cette der-

---

1. Pardonner.
2. Torture.
3. Éclaireurs.

nière raillerie. Crève-Panse souffla encore une fois très, très bas :

« Il n'y avait que toi... vieux singe, pour nous piéger de la sorte... » Et il mourut avec un semblant de sourire.

Durand se sentit un peu ridicule d'avoir été si bien reconnu alors que lui... Il se pencha encore plus près pour attacher un souvenir à ce visage et constata que son compagnon était mort en silence.

Le vieillard se signa, plein de terreur et de répulsion envers ces hommes si remplis du démon qu'il était impensable de prier le Seigneur pour le repos de leur âme.

Au loin, près des feux, les cris de la victoire commençaient à faire place à ceux des blessés. Maître Graebel, son barbier et ses commis venaient d'arriver. Le bruit et l'odeur de la mort s'étendaient dans la courte plaine. C'était l'heure horrible et glaciale, même au cœur de l'été, où après avoir ramassé tout ce qui pouvait encore guérir, on traînait les morts sans plus de ménagements que des bestiaux crevés d'épidémie. Et le vieil homme regarda vers le ciel en se demandant si ses trente années de lutte contre les bandits avaient servi à quelque chose.

Il vit arriver une poignée de vainqueurs sur les chevaux des vaincus, sauf le prévôt qui avait sa propre haquenée.

Aubin, triomphant, se pavanait sur le cheval qu'on

lui avait laissé, présent royal, car les bêtes de qualité étaient rares.

Soudain, le garçon leva le doigt.

« Écoutez ! la mi-nuit qui sonne. »

Tous les hommes présents se signèrent.

« Nous voici à la Saint-Michel, grogna le prévôt. Il était temps que toute cette chiennerie s'achève. »

29 septembre 1213.

La lueur blafarde du petit jour ne rendait pas plus avenant le cabinet du prévôt. Des clercs éveillés à la hâte notaient les déclarations, les témoignages « tout chauds » des arrivants. Plus tard, on ferait le tri.

Marcel de l'Herbette, plus effondré qu'assis dans sa cathèdre, avait les traits tirés et les yeux rougis par la veille. Il se fit apporter une coupe de vin poivré et sortit peu à peu de son apathie. Un moment plus tard, un grand clerc au regard fuyant s'approcha avec un parchemin fraîchement sablé.

« Sire prévôt, nous avons enfin une idée de l'ensemble.

— C'est bon, lisez-moi cela...

— Il y a en tout cinquante-sept cottereaux de détruits dont treize encore vivants. Un garde du guet est mort ainsi que deux bourgeois ; au total nous avons quarante-deux blessés qui pour la plupart s'en remettront. Mis à part les armes récupérées, il y a trente bons chevaux en état d'être montés.

— C'est bon, donnez-moi cette liste, il faut que je la porte au cabinet du roi avant d'aller dormir. Ma jument est prête ? »

Le prévôt sortit sans saluer personne, ce qui surprit énormément les habitués.

25

La victoire est aussi un deuil

Tout éclata en même temps, la lumière du grand jour, le tintamarre des cloches et les traditionnels hurlements des marchands forains les jours de grande fête.

Aubin se retrouva sur pied sans trop savoir comment, la bouche pâteuse, avec une seule idée en tête : s'habiller. Il sauta dans ses braies, enfila d'un coup de talon ses courtes bottes que l'on appelait des « heuzes » et plongea dans sa chemise pour découvrir qu'il l'avait mise à l'envers, ce qui l'obligea à une gymnastique éreintante pour la remettre dans le sens commun.

Un coup d'œil par l'imposte lui montra qu'il était tout à fait inutile d'appeler Agnès, qui se trouvait certainement à l'étal avec sa mère.

L'escalier était vide et, une fois la porte biaise refermée, la maison silencieuse. Aubin descendit lentement, retrouvant sa souplesse à chaque marche. Ce calme le surprenait car, pour la Saint-Michel, la maison aurait dû bruire comme une ruche de la cave jusqu'au toit.

Il trouva la famille réunie dans l'arrière-cuisine, devant la cour largement ouverte. D'un coup d'œil, il vit la boîte de bois gris sur un brancard entouré des robes de deux moines de l'Hôtel-Dieu. Le gros prieur de Saint-Martial avait les yeux au ciel et les mains croisées sur le yentre. Le curé de Saint-Landry entra.

« Nous sommes prêts, si vous voulez bien nous suivre... »

Thomas, le visage fatigué, se tourna vers son fils et lui montra la scène du menton.

Aubin comprit alors dans ses fibres, et plus seulement dans sa tête, qu'un malheur était arrivé. II fut soulagé en voyant entrer Ogier qui lui posa la main sur l'épaule.

« C'est toi l'aîné à présent. Gilles ne s'est pas réveillé. La sœur l'a trouvé raide... il n'a rien senti. »

Aubin hocha la tête et sortit avec les autres. Il y avait Marie et son fiancé, maître Arbessier, le père d'Agnès, déjà en très bon voisinage avec la famille, mais qui s'était indéfectiblement lié avec Thomas au cours de leur « guerre » de cette nuit. Le garçon regretta qu'Agnès ne soit pas venue. Ogier referma la porte.

Les moines porteurs chargèrent le cercueil et partirent d'un bon pas, précédés par un tambour.

Le cimetière Saint-Séverin était à deux cents toises de là, derrière le port Saint-Landry. Aubin marchait à côté de son père, le curé avait une belle voix et chantait juste, ce qui aidait considérablement les assistants à ne pas s'égarer. Au passage, les badauds se signaient. Personne ne pleurait car ce décès, comme n'importe quel autre du reste, ne pouvait être que le résultat de la volonté divine. Les « défuncts » avaient plus besoin de prières que de larmes. À la porte du cimetière ils rencontrèrent deux autres convois et mêlèrent leurs prières, dont le bruit parvint un instant à couvrir celui de la rue. Les fosses étaient creusées dans une anarchie totale et empiétaient très souvent sur la tombe voisine, les croix se mêlaient, se superposaient et on ne respectait vraiment que la direction longitudinale pour ne pas risquer de couper un cadavre par le milieu. Le terrain, gonflé partout de terrifiantes pourritures, cédait parfois sous le pied.

L'odeur était aussi forte mais encore plus inquiétante qu'au quai de la Mégisserie. Les cimetières de ces temps de haute religiosité ressemblaient aux pires images de l'enfer.

Après un rapide *De profondis,* Thomas reprit à grands pas le chemin de l'auberge.

« Dès demain nous ferons dire douze grand-messes pour le repos de l'âme de notre cher fils.

— *Amen !* » dit le reste de la famille.

Ainsi tout était dit, tout était fait selon la coutume. Le grand-père Ogier, qui ne craignait pas les aphorismes hardis, résuma la situation en déclarant qu'il était « urgent de commencer à continuer ».

Aubin traversa la rue pour aller chercher le pain, et le grand-père, faute de mieux, retourna aux casseroles. Pernette et Marie avaient déjà remis la grande salle en état de recevoir la clientèle, Thomas alla ouvrir la grande porte de la rue. Les chalands entrèrent sur ses talons. Chacun voulait voir, toucher l'endroit d'où était partie la fameuse attaque contre les cottereaux. On ne parlait que de cela en ville. Ce n'était déjà plus soixante bandits que l'on avait tués ou capturés, mais cent, mille peut-être, en attendant mieux. Beaucoup de « héros » de la nuit se laissaient complaisamment offrir à boire par les curieux, haletants au rythme croissant de leurs récits.

Dès la mi-di, la salle était pleine et ne désemplissait pas.

Puisque c'était jour chômé au Grand Chantier, Bertrand Beau-Compas et Breton le Bon étaient venus offrir leurs bras, façon courtoise de gagner quand même leur journée. De tonneaux de cervoise en barils de vin, les deux compères ne manquaient pas d'ouvrage.

Aubin, que l'on se montrait en cachette, servait des pichets ; sa sœur et Pernette, les joues enflammées, couraient d'une table à l'autre avec des saucisses et du petit salé aux gesses[1].

Thomas souriait, saluait, empochait la monnaie. Devant la presse qui continuait, il courut chez son collègue Arbessier.

« Nicolas ! il faut que tu me prêtes Agnès pour tenir la caisse comme elle l'a déjà fait pour la fête de la Vierge !

— C'est facile, mon ami, à cette heure les clients ont acheté tout ce qu'il leur fallait... et puis sa sœur est en âge d'apprendre à travailler. »

Agnès revint donc au bras de Thomas qui l'installa lui-même derrière le comptoir afin qu'il soit bien entendu qu'il ne s'agissait pas d'une serveuse occasionnelle avec qui l'on pouvait traditionnellement blaguer. Aubin ne mit pas longtemps à avoir besoin de monnaie. Il se brûla les doigts à ceux de son amie mais il leur était impossible de parler comme ils l'auraient voulu. Il prit ses pièces et elle s'occupa de ses fiches en bois.

Dans la salle, une histoire revenait sans cesse, déclenchant un torrent d'hilarité : le pauvre Bringuet de Vauvert, si bien cousu de bordelaises, s'était penché sur un ruffian blessé pour le désarmer et avait eu les deux fesses traversées par la flèche d'un archer improvisé ! Conteurs, commentateurs et auditeurs en pleuraient de rire...

1. Sorte de légumineuse.

Vers la huitième heure[1], Simon Fort-Étrille s'en vint dîner, vite servi par une Pernette débordante d'attentions délicates. Thomas, à qui le manège n'échappa pas, se dit philosophiquement qu'avant la Noël il lui faudrait remplacer la servante. Le sergent fit approcher Aubin.

« Le roi te veut voir demain avec moi... Il veut nous féliciter officiellement. »

Un murmure flatteur salua cette nouvelle, Thomas se rengorgea ; mais son fils ne fit pas montre de beaucoup d'enthousiasme. Simon Fort-Étrille s'étonna.

« Qu'as-tu donc, garçon ? la nouvelle ne te fait pas plaisir ?

— Si, mais ça c'est seulement pour un jour... Vous permettez que je m'asseye ? »

Accoudé à la table, Aubin soupira.

« Vous savez que Gilles est mort cette nuit ? C'est moi l'aîné à présent et je ne sais pas comment dire à Blaisois Fin-Trait que je dois quitter la charpenterie pour devenir maître d'auberge... »

Il soupira encore.

« ... Pourtant j'aimais bien ce métier.

— C'est la vie, petit Loisillon, tu ne peux pas aller contre le droit d'aînesse. Mais si tu veux, je lui expliquerai, je suis sûr qu'il comprendra très bien... Et puis va, tu feras un bel aubergiste un jour... un aubergiste du roi !

---

1. Quatorze heures.

— Hum, vous devez avoir raison mais il va falloir en apprendre des choses... »

Il retrouva d'un coup son sourire d'ange.

« Pour commencer, vous permettez que je vous offre une cervoise ? »

Entre deux chargements de saucisses, Marie s'en vint souffler un moment derrière Agnès.

« Tu t'en sors ?

— Oui, il suffit de ne pas quitter les serveurs des yeux... »

Marie se pencha avec sympathie.

« Tu sais, je vais me marier très bientôt avec Quentin, le fils du sergent du guet, qui est clerc laïc... si ma place te convient... »

Les yeux fixés sur Aubin en grande conversation avec le sergent, Agnès rougit très fort. Marie interdite eut un léger recul puis, tout cœur ouvert, elle l'embrassa légèrement sur la tempe et la quitta vite pour répondre à un braillard affamé.

Immobile, Agnès se laissa baigner par son instinct délicat qui l'enfermait comme dans une bulle au milieu des tonitruances de ce monde prodigieusement vivant et égoïste. Elle était la seule à percevoir que depuis la veille Aubin n'était plus un enfant.

Jean-Marc Soyez

Originaire du centre de la France, il est né en 1927. Écrivain, il a publié plusieurs romans historiques et une « Encyclopédie de la nature ». Réalisateur à la télévision, il y a donné une adaptation de *La Tuile à loups,* un de ses récits qu'ont pu lire les aînés, ainsi que d'autres dramatiques et une série de documentaires sur les métiers. Enfin, c'est au Moyen Âge des cathédrales et des brigands qu'il invite les jeunes lecteurs avec *Les Brigands de la Saint-Michel.* Amour de la nature, goût de l'artisanat et de l'indépendance ? Jean-Marc Soyez a organisé sa vie, en Charente-Maritime, de manière à produire lui-même à peu près tout ce dont il a besoin.

Table

Composition JOUVE – 53100 Mayenne
N° 298227j
Imprimé en Italie par G. Canale & C.S.p.A.-Borgano T.se (Turin)
octobre 2001 - Dépôt éditeur n° 16086
32.10.1932.6/01 - ISBN : 2.01.321932.6
Loi n° 49-956 du 16 juillet 1949 sur les publications destinées à la jeunesse
Dépôt légal : novembre 2001